DREAMBOOKS★

수라전설 독룡

ORIENTAL FANTASY STORY & ADVENTURE

시니어 신무협 장편소설

dream
books
드림북스

수라전설 독룡 7 수라의 발톱

초판 1쇄 인쇄 2019년 5월 9일
초판 1쇄 발행 2019년 5월 23일

지은이 시니어
발행인 오영배
편집 편집부
일러스트 eunae
본문편집 오정인
제작 조하늬

펴낸곳 (주)삼양출판사 · 드림북스
주소 서울시 강북구 도봉로 173
대표 전화 02-980-2112 **팩스** 02-983-0660
편집부 전화 02-987-9393 **팩스** 02-980-2115
블로그 blog.naver.com/dreambookss
출판등록 1999년 3월 11일 제9-00046호

ⓒ 시니어, 2019

ISBN 979-11-283-9569-7 (04810) / 979-11-283-9448-5 (세트)

드림북스는 (주)삼양출판사의 판타지 · 무협 문학 브랜드입니다.

수라전설 독룡
7
수라의 발톱
시니어 신무협 장편소설
ORIENTAL FANTASY STORY & ADVENTURE
dream books
드림북스

목 차

第一章

인호닉조 신룡은린
(仁虎匿爪 神龍隱鱗)

달그락, 달그락.

이히히힝!

야트막한 동산 위에서 마차가 섰다.

망료는 마차에서 내렸다.

앞쪽에 옥색 치마를 입은 가녀린 여인이 등을 보이며 서 있었다.

뚜걱, 뚜걱.

망료는 서슴없이 여인에게로 다가갔다. 여인의 옆에 서서 동산 아래를 내려다보았다.

남가촌은 엄청난 화마(火魔)에 휩싸여 있었다. 시커먼 연기가 자욱하게 피어올랐다.

"껄껄껄! 시원하게 잘 질러 놨구나. 아무렴, 그래야 네놈이라 할 수 있지."

그때 여인의 손이 움직였다.

스윽.

여인의 어깨와 팔을 두르고 있던 얇은 비단 천이 꼿꼿하게 선 채로 망료의 목 앞에 가 닿았다.

여인이 아무 말도 하지 않았기 때문에 망료가 먼저 입을 열었다.

"어이쿠…… 실제로 얼굴을 보는 건 오늘이 처음인데 손이 매서우시구려."

여인의 아미가 찌푸려지면서 비단 천의 끝이 날카롭게 날을 세웠다. 손가락만 까딱해도 망료의 목이 날아갈 게 분명했다.

"본인은 남의 의도에 놀아나는 걸 매우 싫어하는 사람이라네."

망료는 태연하게 미소를 띠고 받아넘겼다.

"아암, 알고 있소이다. 어떤 놈이든 언감생심 대랑(大娘)에게 그런 수작을 거는 놈이 있다면 단숨에 모가지를 잘라 버려야 마땅하지."

여인, 단령경의 눈이 더 가늘어지며 살기가 스산하게 배었다.

"이 몸을 능멸하려는 것인가?"

망료가 피식거리며 소리 내어 웃었다.

"천하의 여의선랑이 협박이나 일삼는 졸장부였소? 실망이군. 그렇다면 내가 여기까지 올 가치가 없었겠지."

"흥."

단령경은 망료를 노려보다가 손을 거두었다. 피견은 살아 있는 뱀처럼 손을 타고 미끄러져 어깨로 돌아갔다.

단령경이 불타오르는 마을을 보며 물었다.

"어찌하여 처음부터 내게 백리권에 대해 알려 주지 않은 것이지? 제갈가에 대해서만 정보를 알리고 백리권에 대해서는 쏙 빼놓았더군."

"그랬다면 그자가 눈치를 채지 못했을 것 같소이까?"

단령경의 눈매가 더 서늘해지는 것과 달리 망료는 여전히 태연했다.

"내가 미리 대랑에게 언질을 주었다면 어떤 식으로든 미심쩍은 행동이 나왔을 테고…… 그러면 그자를 속일 수 없었을 것이오. 우리 둘 다 알다시피 그자는 매우 철두철미하고 의심이 많은 작자이외다."

"그대는 나를 우습게 보는군. 내가 그런 정보를 흘리고 다닐 정도로 하찮게 보이던가?"

"나는 그저 조심하고자 하였을 뿐이외다. 적을 속이려면 아군을 먼저 속여야 한다는 옛말이 있듯이 말이오."

"함부로 아군이라 칭하지 마시게. 그대는 아직 그 어느 누구의 신뢰도 얻고 있지 아니하다네. 이쪽엔 아직도 그대의 의도가 무엇인지 의심하는 자들이 많이 있다는 걸 잊지 말게."

"나를 믿지도 않고 같은 편도 아니라면서 이렇게 다그치는 것도 도리에 어긋나는 일이 아니겠소? 피차 서로 필요한 것만 주고받읍시다."

단령경이 인상을 쓴 채 잠시 말을 않고 있자 망료가 재촉했다.

"더 할 말씀은 없소이까? 너무 지체되면 모든 게 홀랑 다 타 버릴 게요. 그러면 기껏 애써서 벌려 놓은 일들이 의미가 없게 되겠지."

"진가 소년."

단령경이 짧게 말을 내뱉었다.

"진가 소년이 대체 어떤 의미가 있는가?"

"누구에게 말씀이오. 나요, 아니면 백리주……."

핑!

망료의 눈썹 끝이 예리하게 잘려 나갔다. 단령경의 피견이 다시 꼿꼿이 서 있었다.

단령경의 앞에서 함부로 그 이름을 말해서는 안 되는 것이다.

망료의 입가가 잠시 씰룩였다. 그러나 망료는 잘려 나간 눈썹을 매만지며 화를 참았다.

"내가 귀여워하는 아이올시다. 그자에게야 어떤 의미가 있는지 내 알 바 아니고."

"또 거짓말을 하는군."

망료가 개의치 않고 말을 돌렸다.

"백리권은 독을 먹었소. 오래 버티진 못할 거요."

"백리권은 백리가에서도 가장 뛰어난 무재를 가진 아일세. 진가 소년이 아직도 살아 있을 거라 생각하시는가? 내가 볼 땐 불가능한 일일세."

망료가 살기 어린 미소를 지었다.

"놈이 어떤 놈인지 진면모를 알면 그런 소릴 못하지."

그 미소가 매우 섬뜩하면서도 음침스럽기 짝이 없어서 단령경은 기분이 나빠졌다. 그것은 마치 소동(小童)을 탐하는 색마의 느낌 그것이었다.

단령경의 눈살이 더 찌푸려졌다.

"흐음?"

망료가 갑자기 고개를 갸웃거렸다. 마을 입구에서 모여 웅성대던 마을 사람들이 점점 더 멀리 달아나고 있었다.

망료는 고개를 들어 연기가 피어오르는 모습을 쳐다보았다.

"바람의 방향이 바뀌었구려. 서둘러야겠소. 제갈가의 본진이 내려온다면 그쪽의 구궁팔괘진은 나도 벗어날 자신이 없소이다."

뚜— 걱!

망료가 거침없이 한 발을 내디디며 날듯이 언덕을 뛰어내려 갔다.

망료의 모습을 지켜보고 있던 단령경은 낮게 한숨을 내쉬며 천천히 걸음을 옮겼다.

단령경의 뒤로 어디서 나타났는지 대머리인 수하 둘이 모습을 드러내 뒤를 따르기 시작했다.

망료는 발을 동동 구르면서 연기를 피해 달아나는 촌민들을 마주쳤다.

"허어, 불길이 더 번지기 전에 어서들 피하시오, 어서들. 도대체 어떤 후레자식이 이 순박한 사람들 평생 살아온 터전에 불을 질렀나 그래. 어허, 울지만 말고 피하시오. 살 사람은 살아야지. 살아야 집도 다시 짓고 논밭도 복구하지 않겠소. 거 옆에 있는 젊은 친구, 여기 주저앉은 형장 좀 부축해서 데리고 가시게. 다리에 힘이 풀린 것 같은데 조심해서. 자자, 어서들 피하시오들."

안타까움이 가득 담긴 망료의 목소리.

망료는 촌민들을 거의 밀어내듯이 밖으로 몰아냈다. 경황이 없는 촌민들은 정신없이 밀려났다.

망료가 뒤따라온 단령경의 대머리 수하 둘에게 말했다.

"거 친구들, 저 불쌍하신 분들 연기 마시고 병나지 않게 잘 좀 대피시켜 주시게."

대머리 수하 둘이 인상을 썼다. 단령경이 한숨을 쉬며 손짓했다. 수하 한 명이 마을 사람들이 가까이 오지 못하도록 막고 밀어냈다.

그중에는 편복도 끼어 있었다. 편복을 본 대머리 수하가 눈짓을 했다.

망료가 내려가고 촌민들을 어느 정도 몰아낸 후에 주변에 사람이 없자, 편복이 단령경의 앞에 와서 무릎을 꿇었다.

"영주님!"

단령경이 물었다.

"저 안에 백리권이란 자가 있는 게 확실한 것인가?"

"예. 이쪽을 지나 마을로 들어가는 것을 제가 두 눈으로 똑똑히 보았습니다."

"잘히었네. 긴기 아이는?"

"죄송하옵게도 저를 대피시키고 들어갔기 때문에 그 이후의 일은 모릅니다. 백리권이란 자가 들어간 후에 제갈가의 무사들은 다시 밖으로 나왔습니다."

단령경의 눈에 분노의 살기가 맴돌았다.

백리권을, 정확히는 백리중을 향한 분노가 백리중이 아끼는 모든 이들에 대한 분노로 표출되고 있었다.

그 모습을 편복이 걱정스러운 표정으로 쳐다보았다.

단령경은 백리권을 죽이기 위해 무슨 짓이든 할 테고, 그러면 진자강은 더불어 위험해질 수밖에 없는 상황이었다.

'으음…….'

편복은 쥐 수염을 손가락으로 꼬며 고민에 잠겼다.

*   *   *

촌민들을 단령경들에게 맡긴 망료는 마을 입구로 바로 진입했다. 마을 입구에는 일시적으로 물러난 제갈가의 무사들이 있었다.

무사들은 차나무 밭에서 진자강을 쫓느라 행색이 엉망이었다. 옷이 다 그을리고 군데군데 타서 시커멓게 되어 있었다. 심하게 부상을 입은 자들도 있었다.

"허, 심하게들 당했구먼."

무사들이 누군가 해서 망료를 쳐다보았다.

망료는 무사들을 휘휘 둘러보다가 중독으로 인해 새파랗게 얼굴이 질려 있는 적율과 눈이 마주쳤다. 적율은 한쪽 다리를 꽁꽁 묶고 반가부좌를 튼 채 운기조식으로 독을 몰아내려는 중이었다.

"어허, 저런. 내 꼬라지가 된 친구가 있네."

뚜걱, 뚜걱.

서슴없이 적율에게 다가간 망료가 적율의 눈을 까뒤집어 보려고 했다.

적율은 운기조식을 방해받은 것도 모자라 함부로 자신의 몸에 손을 대려 하니 어이가 없어 화를 냈다.

"갑자기 이게 무슨 짓……."

"거, 가만히 좀 있어 봐."

망료가 앉아 있는 적율의 머리를 한 손으로 잡고 돌렸다.

우득!

그 손길이 너무 자연스러워서 살수를 쓸 거라는 생각이 전혀 들지 않을 지경이었다.

적율은 진자강에게 당하긴 했으나 실력이 없는 자가 아니다. 목이 돌아가며 목뼈가 어긋나는 순간에 검지와 중지로 검결지를 쥐어 망료의 심장을 찔렀다.

망료가 적율의 머리를 잡은 채 공중에 떠서 물구나무를

선 채로 몸을 꼬아 비틀었다. 검결지를 피함과 동시에 다시 손에 힘을 주었다.

뿌득.

머리가 조금 더 돌아갔다. 적율은 기겁해서 있는 힘 없는 힘을 모두 짜내 한 손으로 자신의 턱을 잡아 버티고 다른 손으로 검결지를 휘둘렀다.

망료가 목발을 휘둘러 검결지를 막아 냈다.

탁!

반가부좌를 틀어 앉은 적율과 적율의 머리를 짚고 공중에 거꾸로 물구나무를 선 망료가 싸움을 벌이고 있는 것이다!

한쪽은 목을 돌리려 하고 한쪽은 막는다. 한쪽은 검결지로 어떻게든 위쪽을 치려 하고 한쪽은 목발로 그것을 막는다.

이 괴이한 광경에 무사들과 이림은 잠시간 넋을 놓기까지 했다.

망료가 목발로 턱을 붙들고 버티는 적율의 손을 쳐 내려 했다. 적율은 필사적으로 목발의 움직임을 방해했다.

타타탓!

목발과 검결지가 믿을 수 없는 속도로 허공에서 맞부딪쳤다. 망료가 몸을 좀 더 틀었다.

우득.

적율의 목이 어깨선 너머까지 돌아갔다. 눈이 튀어나오고 혀가 이빨 앞까지 밀려 나오기 시작했다. 조금만 더 돌아가면 등 뒤를 보게 될 판이다.

멀쩡한 몸으로 상대하는 것이었으면 모를까, 불리한 상황에서 이만한 고수를 상대하는 건 목숨을 걸어도 부족한 일이라는 걸 자각한 적율이었다.

적율은 목발을 쳐 내다 말고 검결지를 위로 뻗었다. 아예 수비를 도외시하고 망료의 외눈을 노린 것이다.

그 순간 망료가 이제껏 꼬았던 몸을 풀면서 반대로 회전했다. 동시에 오른쪽으로 돌아가 있던 적율의 머리가 순식간에 왼쪽으로, 아까와는 완전히 반대 방향으로 돌아갔다.

우지직!

적율의 머리가 힘없이 늘어졌다.

망료는 물구나무에서 사뿐히 땅으로 내려서서 더 이상 반항하지 못하는 적율의 눈꺼풀을 뒤집어 보았다. 축 빼 내어진 혀를 관찰하고 입에서 흐르는 피거품을 찍어 맛까지 보았다.

"냄새는 없는데 맵고 쓴맛이 있구먼. 콧물이 맑게 나온 걸 보니 풍과 습을 배출하는 성질이 있고. 하면 국화를 닮은 풀에서 얻은 독 같은데……."

망료가 분석을 마치고 일어서자 이림이 기겁하며 뒷걸음질을 쳤다.

"귀하는 누구인데 함부로 제갈가의……."

무사들이 이림을 보호하며 앞으로 나서는 순간, 망료는 벌써 가장 앞에 선 한 무사의 목을 꺾고 있었다.

"제갈가가 뭐."

망료가 다시 한 무사의 목을 비틀면서 말했다.

"누가 그러던데, 인열폐식이라고. 제갈가 따위가 두려우면 목이 멜까 봐 밥을 못 먹는 거라고. 자네들도 그리 생각하나?"

이림이 깃발을 꺼내 들었다.

"이이! 감히!"

무사들이 스물 남짓밖에 남지 않았지만 한 명을 상대로라면 구색은 충분하다.

"개진……!"

이림이 깃발을 펼치기도 전에 이림의 양 손목이 팔에서 분리되어 하늘로 치솟았다.

그의 뒤에 단령경의 대머리 수하가 곡도를 들고 서 있었다.

"으, 으아아아아!"

이림이 비명을 지르며 잘린 손으로 무릎을 꿇었다.

망료가 대머리 수하를 보며 타박했다.

"늦잖아. 행동이 그리 굼떠서야, 쯧."

대머리 수하가 무서운 표정으로 망료를 노려보았다. 자신이 모시는 건 단령경이지 망료가 아니라는 뜻일 터였다.

그러나 망료는 관심도 없다는 듯 바로 고개를 돌려 심하게 연기를 내뿜는 마을 안쪽을 바라보았다.

진자강이…….

저곳에서 백리권과 싸우고 있다.

망료는 흐뭇한 웃음을 지었다.

*   *   *

백리권은 손을 치켜든 채로 굉장히 오랜 시간을 멈춰 있었다.

내려치면 이자는 죽는다.

사갈독왕 진자강.

눈은 피에 물들어 혈귀처럼 광기를 번뜩이고 있지만, 몸은 이미 만신창이. 이대로 내버려 두어도 반 시진이면 죽어버릴 정도로 심각한 가슴의 출혈.

그러나 백리권은 마지막 숨통을 끊기 위한 손을 내려칠 수가 없었다.

부르르르 손이 떨리고 이가 갈렸다.

"뭐라…… 고……?"

방금 백리권은 도무지 믿을 수 없는 얘기를 들었다.

진자강은 가쁜 호흡을 가다듬으며 다시 말했다.

"이상하다고, 이게 정말 복수가 맞느냐고…… 물었습니다."

백리권은 되묻지 말아야 한다고 생각했다. 사파의 간사한 작자가 자신을 농락하는 것일지도 모른다고 생각했다. 그럼에도 묻지 않을 수가 없었다.

"연 매를 위해 네놈을 죽이는 것이 어째서 복수가 아니라는 것이냐."

"제갈 소저는……."

"함부로 연 매를 입에 담으면 혀를 뽑는다고 했지!"

백리권이 진노하여 소리를 질렀지만 진자강은 태연히 말을 이었다.

"제갈 소저는, 어째서 권 오라버니가 자신을 죽이려 하는지 모르겠다고 말했습니다만."

"이이익!"

백리권이 주먹을 내려쳤다.

콰앙!

진자강의 머리통 옆.

주먹이 바닥을 박살 내고 흙덩이를 튀어냈다.

"감히…… 그런 허튼소리를!"

하지만 백리권은 갈피를 못 잡고 있었다. 제갈연이 왜 그런 말을 했는지 궁금해하지 않을 수가 없었다. 자기가 사랑한 이가 어째서 자신을 의심하며 죽어 갔단 말인가!

백리권은 진자강의 멱살을 잡고 일으켰다.

"어째서냐. 어째서 연 매가 그런 소리를 했다는 거야!"

진자강은 죽어 가는 와중에도 전혀 주눅 들지 않았다.

"그걸 내가 어떻게 압니까."

"그게…… 연 매의 마지막…… 마지막 말이었다고?"

"아니. 마지막 말은, 인정받고 싶었다는 말이었습니다."

백리권은 눈을 부릅떴다. 제갈연이 분명하다. 그건 제갈연이 한 말임에 분명하다. 제갈연은 그 누구보다 자신의 사부인 백리중에게 인정받고 싶어 했다. 그래서 백리권이 이번 일에 추천하기도 했으니까.

"어째서……."

백리권은 마음에 갈등이 생겼다. 모두 다 거짓말이라고 외치며 죽여 버리면 깨끗할 일을, 괜히 살려 둬서 한두 마디 들은 탓에 머릿속이 헝클어지고 말았다.

"네놈이…… 네놈이 죽인 것 맞잖아!"

백리권은 다시 멱살을 힘껏 쥐었다. 진자강의 입과 가슴에서 흘러나온 피가 백리권의 몸을 적셨다.

"말했듯, 나는 제갈 소저가 무슨 독에 중독됐는지 모릅니다. 하지만 제갈 소저에게 치명상을 입힌 독은."

진자강이 백리권의 눈을 똑바로 보며 말했다.

"당신을 중독시킨 것과 같은 독입니다."

"뭐?"

"거짓말 같습니까?"

백리권은 잘됐다고 판단했다. 만일 이번이 거짓말이라면 백리권은 더 이상 진자강의 말을 들을 필요 없이 목을 꺾어 버릴 것이다.

백리권은 진자강의 목을 쥐고 내공을 사지백해로 퍼뜨려 자신의 몸 상태를 점검했다.

울컥.

내공을 퍼뜨리기가 무섭게 기혈의 곳곳에서 울혈처럼 불편한 덩어리들이 느껴졌다.

'독이?'

분명히 피독단을 머금었는데?

이것은 진자강이 쓴 독이 아니었다.

무언가 다른 종류의 것!

슬슬 몸 안에서 불편한 기운이 올라오기 시작했다. 독지를 맞은 쪽 눈의 초점이 다시 흔들렸다. 피독제를 먹으면서 가라앉힌 독이 재발한 것이다.

백리권은 내공으로 독기를 억누르려 했지만, 아까와 달랐다.

독기가 끈적하게 기혈에 접착되어 밀리질 않았다. 오히려 내공에 들러붙어 다른 부위로 퍼지기까지 했다.

"컥!"

백리권의 입 안에 피가 고였다. 허파가 쑤셔 오더니 폐부 깊은 곳에서부터 피가 치밀어 올랐다. 목이나 입에서 상처가 생겨 나는 피가 아니었기 때문에 순식간에 숨쉬기가 거북해졌다.

"내게…… 언제 무슨…… 짓을 한 것이냐?"

진자강의 표정이 사나워졌다. 진자강이 이를 깨물고 대답했다.

"당신들은…… 어디서 당하고 와서 자꾸 내게 뒤집어씌우는 겁니까?"

이건 진자강으로서도 오히려 분노할 수밖에 없는 일인 것이다.

백리권은 자신의 몸 상태가 독에 잠식되어 망가지고 있음을 깨달았다. 스스로 억제할 수가 없는 음험한 맹독이었다.

"네 이놈……."

백리권은 진자강을 죽이길 포기했다.

"지금은 잠시 살려 두마. 하지만 네놈은 반드시 내 손에 죽을 것이다. 컥!"

백리권은 피를 토했다.

진자강의 말이 거짓이든 아니든, 이번 일은 너무도 미심쩍은 구석이 많이 있었다.

백리권은 위험하지만 내공을 끌어 올려서 진자강의 혈도를 찍었다. 가슴 혈도를 찍어 출혈을 멈추게 해 놓고 마혈을 짚어 진자강을 자빠뜨려 놓았다.

으드득.

백리권은 이를 갈면서 진자강의 다리를 잡은 채 끌고 가기 시작했다.

*　　　*　　　*

"바람이 바뀌었다."

제갈명은 깃발이 흔들리는 모습을 보고 눈을 크게 부릅떴다.

산에서 내려와 남림 앞까지 와서 대기하고 있던 제갈명이었다.

제갈명은 바로 허공을 뛰어 깃발 위로 올라갔다. 남가촌의 불길 방향이 산이 아니라 마을 입구 쪽으로 퍼져 가고 있는 게 보였다.

바람이 바뀌면서 연기 사이로 마을 입구의 모습이 다소나마 드러났다.

죽어 나가고 있는 제갈가의 무사들과 마구 날뛰는 대머리 무사!

그것만으로도 제갈명을 분노케 하기 충분했는데, 그 뒤쪽에서 다시 엄청난 존재감이 느껴졌다. 거의 깨알처럼 자그마하게 보이는 자의 존재감이 이 멀리서도 느껴질 정도라니!

하나 더 놀라운 건 그자 역시 제갈명을 똑바로 직시하고 있다는 점이었다. 표정까지는 보이지 않아도 상대 역시 자신을 인지하고 있다는 사실을 깨달았다.

"먼저 가겠다!"

제갈명은 깃발 위에서 몸을 날렸다.

펄럭!

무사들과 함께 대기하고 있던 제갈손기가 머리 위로 날아가는 제갈명을 보고 손을 들었다.

"우리도 간다!"

＊　　　＊　　　＊

단령경은 강력한 존재감을 가진 고수가 오고 있다는 사

실을 깨달았다.

"백리권을 구하러 오는 것인가? 그렇겐 안 되지."

탓!

단령경도 몸을 날렸다.

사람 키보다 훨씬 높이 뛰어올라 허공을 박차고 재도약해선 앞으로 쏘아졌다. 금방이라도 쓰러질 듯한 불타는 나무를 밟고, 무너져 내리는 지붕을 박찼다. 한 번 지형을 박찰 때마다 단령경은 삼사 장씩 앞으로 쭉 나아갔다.

파악!

단령경이 지나는 곳마다 불꽃이 사방으로 비산했다.

넘실대는 불꽃들도 단령경을 조금도 침해하지 못했다. 금방이라도 불이 붙어서 타 버릴 것 같은 얇디얇은 피견도 전혀 타지 않았다.

그 같은 신법은 망료로서도 흔히 보기 어려운 고속의 경공이었다. 애초에 두 다리가 없으니 불가능한 일이라고 해도 말이다.

단령경은 순식간에 마을을 반이나 가로질렀다.

터벅. 터벅.

아래에 연기로 가득한 마을의 거리에서 시커먼 인영 하나가 길을 가로지르고 있었다.

그림자의 손에는 다른 사람 하나의 발이 붙들려 있었다.

그리 빠르지도 않은 걸음으로 축 늘어진 어깨를 하고 걷는다.

단령경은 그 청년의 얼굴을 순식간에 알아보았다.

백리가의 외모가 그대로 드러나 있는 얼굴이다.

'백리가의 핏줄!'

단령경의 눈에 살기가 들끓어 올랐다. 그가 소중하게 생각하는 것들은 모두 없애 버려야 한다. 그것만이 자신의 분노를 가라앉힐 수 있을 것이다!

그런데 그림자는 걷다 말고 힘없이 엎어지고 말았다.

죽은 것인지, 산 것인지 아직 알 수 없었다.

단령경은 바로 뛰어내려 가 확인하려다가 문득 멈추고 하늘로 몸을 솟구쳐 올렸다.

파파팍!

아무것도 없는 공중에서 빈 파공성이 울렸다.

단령경은 스스로의 발등을 찍고 허공을 차면서 계속해서 몸을 띄워 올렸다.

팍! 파팍!

단경경의 몸을 뭔가가 계속 스쳐 가고 있었다. 그것은 마치 보이지 않는 창과도 같았다. 단령경의 옷깃이 몇 차례 날카로운 것에 베여 나갔다.

단령경은 계속해서 몸을 올려 마을의 곳곳에 세워진 오

래된 제사용 솟대, 제간(祭杆)의 위까지 몸을 날렸다. 사람 다섯 정도의 높이에 대나무로 만들어진 제간이었다.

단령경이 거기에 올라서서 발을 올리자 대나무 끝이 휘청했다.

하지만 단령경은 넘어지거나 쓰러지지 않고 한 발로 꼿꼿하게 섰다.

맞은편 제간 위에 제갈명이 역시 외발로 서 있었다.

아래에는 불꽃과 시커먼 연기가 피어오르고, 각자는 긴 장대 위에 서서 서로를 마주 보고 있는 것이다. 바람이 불 때마다 가지의 이파리처럼 둘을 지지하고 있는 대나무 장대가 휘청거렸다.

하나둘은 발이 대나무 끝에 달라붙은 것처럼, 대나무가 된 것처럼 대나무와 함께 자연스럽게 흔들렸다.

제갈명이 눈이 눈동자와 눈자위 모두 시커먼 빛으로 이글거리고 있었다. 제갈명이 부채를 펴서 눈을 가렸다가 부채를 내리자, 그제야 평범한 눈으로 돌아왔다.

단령경이 코웃음을 쳤다.

"섬안(殲眼)으로 의기상인(意氣傷人)의 경지에 오르다니. 많이 나아졌구려."

살의를 가진 눈빛을 이용해 허공에 검기를 뿌려 대는 제갈명의 독문 수법이다.

제갈명이 부채를 부치며 단령경에게 아는 척을 했다.

"역시나, 여의선랑. 그대였군. 오지 않으면 어쩌나 마음을 졸였소."

단령경이 미소 지었다.

"대어를 낚으려면 처음부터 큰 미끼를 써야지, 하수처럼 지렁이 몇 마리로 본 녀를 낚으려 하니 본 녀의 마음이 동하였겠소이까?"

제갈명은 제간 아래를 내려다보았다. 땅 아래에 백리권과 백리권이 끌고 가던 진자강이 정신을 잃고 쓰러져 있는 모습이 보였다.

백리권이 올 것은 제갈명도 예측하지 못했던 바였다. 그러나 굳이 그런 일을 내색할 필요는 없었다.

"사갈독왕을 구하러 왔소이까?"

"아니."

단령경은 단칼에 말을 잘랐다.

"백리가의 핏줄을 말리러 왔지."

"묘하군. 사갈독왕이 대단한 작자인 줄 알았는데, 그냥 천덕꾸러기 취급이군. 그 정도의 쓸모는 아니라는 건가?"

"필요하면 데려가시든지."

"데려간다면 둘 다 데려가야 하지."

"그대기 데려갈 수 있는 건 시체뿐일 거요."

"그것도 나쁘지 않겠군. 여의선랑의 시체라면 그것만으로도 괜찮지."

"흥, 귀하의 능력으로 가능하겠는가?"

"나를 너무 무시하는군."

번쩍.

제갈명이 섬광처럼 부채를 휘둘렀다. 부채가 허공을 날아가 단령경이 서 있는 대나무를 갈랐다. 대나무 줄기가 뚝 잘려 무너짐과 동시에 단령경이 몸을 날렸다. 단령경은 제갈명의 손으로 되돌아가는 부채 위에 올라탔다. 그러면서 동시에 발로 부채를 밀어내고 공중으로 뛰어올랐다.

부채는 제갈명이 던졌을 때보다 훨씬 더 빠른 속도로 되돌아갔다. 제갈명은 부채를 손으로 받으면서 제자리에서 몸을 팽이처럼 팽그르르 돌려 부채에 걸린 힘을 상쇄시켰다.

하나 그사이 뛰어내린 단령경이 제갈명이 서 있던 대나무 줄기의 중간까지 내려가 줄기를 힘껏 발로 찼다.

휘엉청!

대나무가 크게 휘었다. 그 끝에 서 있던 제갈명은 대나무가 거의 직각까지 왕창 휘어졌다가 되돌아가며 채찍처럼 끝을 튕겨 내는 바람에 허공으로 날려졌다.

제갈명은 거푸 공중제비를 돌면서 다른 제간의 위에 착

지했다. 제간의 끝이 크게 휘어져 길게 친 난의 잎새와 같은 모양이 되었다. 단령경이 실은 힘을 제갈명이 전부 해소하지 못해 무거워진 것이다.

반면에 단령경은 가볍게 대나무의 줄기를 옆으로 밟아 올라가며 손을 뻗었다. 어깨에 얹혀 있던 피견이 밧줄처럼 길게 늘려져서 제갈명이 올라탄 제간의 줄기를 휘감았다.

단령경은 피견을 잡아당겨서 제갈명 쪽으로 몸을 날렸다. 동시에 반대 손으로 장력을 거푸 날렸다.

산동 사파의 대모라는 단령경의 장력은 제갈명이 결코 경시할 수준이 아니었다. 제갈명은 함부로 손을 맞대느니 피할 생각으로 몸을 날렸다.

펑펑!

제갈명이 서 있던 자리에서 장력이 터지는 소리가 났다. 단령경은 피견으로 대나무를 걸어 그 대나무를 중심으로 반 바퀴를 돌면서 방향을 바꿔 제갈명을 쫓아 허공을 날았다.

파라락!

단령경이 팔을 뻗자 피견이 제갈명을 쫓아 길게 늘려졌다. 마치 앞에 화살이 달린 것처럼 수장이나 피견이 뻗어 나갔다.

피견은 길게 이어 짠 비단 천이다. 그러나 단령경이 들고 있는 저것은 이미 부드러운 비단 천이 아니라, 살기를 머금은 날카로운 비수다. 길이도 수 장에 이르며, 능히 나무를 자르고 돌을 가를 수 있다.

제갈명은 제간의 중간에 한 손으로 매달려 부채를 펴고 피견을 베었다.

챙! 채챙!

부챗살과 부드러운 천이 부딪쳤는데 쇠가 부딪치는 소리가 나며 불똥이 튀었다. 단령경이 제간을 박차고 다시 뛰어올라 양손에서 피견을 뻗었다.

제갈명이 내공을 더 끌어 올렸다. 펼쳐진 부챗살의 끝에 맑은 기가 어렸다.

쨍!

아까보다도 더 날카로운 소리가 났다. 피견의 끝이 뚝 부러져서 떨어져 나갔다. 부러진 피견은 순식간에 꼿꼿했던 형상을 잃고 펄럭거리며 바람에 날아갔다.

단령경이 다시 옆 제간을 밟고 뛰며 팔을 크게 회전시켰다. 피견이 부드럽게 펼쳐지며 태극 형상으로 소용돌이를 그렸다.

겉보기에 춤이라도 추는 듯 나풀거리나 소용돌이는 제갈명을 통째로 감싸 오고 있었다.

제갈명은 호흡을 가다듬었다. 전력으로 대항하지 않으면

당할 수도 있다는 예감이 들었다.

제갈명은 양발의 발바닥으로 대나무 줄기를 꽉 붙들었다. 그러곤 몸을 앞으로 뻗어 허공에 엎드린 듯한 자세를 취하고 허리를 세웠다. 대나무 줄기 중간에 가지가 돋아난 것 같은 모양이 되었다.

발로 몸을 고정시켜 양손을 자유롭게 만든 것이다.

이어 부채를 접어서 뒤집자 부채가 둘로 갈라졌다. 제갈명은 양손에 부채를 쥐고 펼쳐서 단령경의 피견술에 대항했다.

부드럽게 흐느적대며 소용돌이를 그리던 피견이 제갈명의 앞에서 갑자기 빠르게 움직였다. 제갈명이 부채를 가슴 안으로 당겼다가 양쪽으로 밀어내며 두 개의 반원을 뿜어냈다.

단령경이 피견에 내공을 주입하자 피견의 끝자락들이 다시 뻣뻣해지면서 서늘한 검기를 머금었다.

짜라락! 쩽!

제갈명이 만들어 낸 반원에 걸린 피견의 일부가 이 빠진 검처럼 뚝뚝 떨어져 나갔다. 하지만 피견은 여전히 길고 위력은 전혀 줄어들지 않았다. 이가 나갔어도 칼이 톱이 되었을 뿐, 걸리면 살과 뼈가 잘려 나갈 것이다.

"합!"

제갈명이 부채를 접어서 네모난 막대처럼 만든 후 피견을 두들겼다.

따다당! 땅 땅!

피견이 얼음처럼 조각조각 부서졌다. 마치 꽃잎이 바람에 날리는 것처럼 허공에 피견의 조각들이 나풀거리며 떠다녔다.

단령경이 손을 휘젓자 피견이 다시 부드럽게 퍼졌다. 이젠 제갈명이 아무리 피견을 두드려도 푹신하게 묻힐 뿐이다. 오히려 뱀처럼 감아 들며 제갈명의 왼손 부채와 손목을 각각 휘감았다.

단령경은 양 피견으로 제갈명의 부채와 손목을 감아 놓고 뒤쪽 허공으로 몸을 날렸다. 피견이 팽팽하게 당겨졌다.

"큭!"

제갈명은 양발에 더 내공을 집중해 대나무를 붙들고 버텼다. 대나무를 놓쳐서 끌려간다면 당하고 만다.

제갈명이 버티자 단령경은 피견에 매달린 꼴이 되어 그네를 타듯 허공을 유영했다.

부우웅—

길게 늘어진 피견의 중간에 제간이 걸렸다. 걸린 제간에 피견이 감기면서 단령경이 한 바퀴를 돌았다.

단령경이 양손을 교차시키며 눈을 빛낸 순간.

썩둑!

피견의 중간에 걸린 제간이 삽시간에 동강났다.

제갈명의 눈이 커졌다. 단령경이 기를 일으켜서 피견이 빳빳하게 날을 세워 오고 있다!

손목과 부채. 둘 중에 하나는 포기해야 한다면 당연히 손목은 아니다. 제갈명은 다른 손에 든 부채를 펼쳐 손목에 매인 피견을 잘랐다. 대신 피견에 감겨 있던 부채는 놓을 수밖에 없었다. 부채가 튕겨지듯 날아가다가 허공에서 수 조각으로 잘려 나갔다.

급하게 기를 모은 바람에 발에도 너무 힘이 들어가서 대나무까지 박살이 났다.

우지끈!

잡을 것이 없어진 제갈명은 아래로 추락했다. 하나 높이가 서너 길에 불과했기에 공중제비를 넘어 가볍게 착지할 수 있었다.

단령경도 피견을 수습하면서 땅으로 내려왔다. 곱던 피견도 끝이 대부분 너덜너덜해져 있었다.

단령경과 제갈명은 서로를 노려보았다. 둘 다 침착한 표정이었지만 사실 제갈명은 반 수 정도 밀린 상태라 마음이 편하지 않았다.

게다가 공교롭게도 둘의 사이, 가운데에 백리권과 진자

강이 쓰러져 있었다.

거리는 삼 장여.

눈 한 번 깜박이는 순간이면 서로 도달할 수 있는 거리였다.

단령경이 피견을 천천히 감아올리며 말했다.

"누가 먼저일지 해 보시겠소?"

제갈명은 미간을 찌푸렸다.

"불공정하군. 그대는 죽이기만 하면 되지만 나는 살려야 하니까."

"다들 살리는 것이 죽이는 것보다 어렵다고들 하더이다. 하지만 나는 죽이는 게 더 어렵소. 그러니 그리 불공정하진 않을 거요."

"천하의 여의선랑이 사람 죽이는 게 어렵다는 어이없는 말을 하면 누가 믿겠소이까? 손가락 하나만 까딱해도 저 한목숨 거둬 가는 게 어려울 리 없잖소."

"등을 보이고 누워 있는 자의 목을 치라는 것이오?"

제갈명이 조소했다.

"사파의 악녀가 자꾸 정의로운 협객 행세를 하는구려."

단령경이 분노했다.

"그대쯤 되는 자가 그런 말을 입에 담다니! 나의 사정을 뻔히 알면서 어찌 그런 말을 할 수 있단 말인가!"

"그대의 가문이 그리된 것은 누구의 탓도 아닌 그대 가문의 욕심 때문이었지. 그 사정은 나뿐 아니라 강호의 모두가 알고 있소이다."

단령경은 크게 격노했다. 머리카락이 하늘로 떠오르고 눈에서 서슬 어린 살기가 뿜어져 나오기 시작했다.

"감히……."

단령경의 살기에 제갈명도 섬안으로 맞섰다. 동공에서부터 먹물이 퍼지듯 검은 기운이 눈알을 잠식해서 시커먼 묵빛이 되었다.

둘 다 내공을 고도로 끌어 올리면서 주변의 공기가 묵직하게 내려앉았다. 둘이 마주 선 거리의 공간에는 불길조차 다가서지 못하고 소멸되었다.

단령경과 제갈명은 연기에 휩싸이면서도 눈 하나 깜박하지 않았다. 둘의 거리가 너무 가까워서 잠깐만 방심해도 기회를 잃을 수 있었다.

물론 불리한 것은 제갈명 쪽이긴 하나, 단령경도 만만한 것은 아니었다. 첫 수에 백리권을 놓치면 제갈명이 방어하며 시간을 끌 수 있게 된다. 시간을 끌면 지원이 올 테고, 그러면 단령경도 목적한 바를 이루기 어렵다.

하여 둘 다 미동도 않고 상태의 틈을 노리고 있는 것이다.

바로 앞에 백리권을 두고도!

한데……

뚜걱, 뚜걱…….

둘이 가르고 있는 공간의 정확한 가운데를, 옆에서부터 다가가는 이가 있었다.

한쪽에 목발을 짚은 망료였다.

단령경은 물론이고 제갈명도 곁눈질조차 하지 못한 채로 바라만 보았다.

제갈명과 단령경은 둘 다 망료를 안다. 하지만 서로가 망료를 알고 있다는 건 모른다.

제갈명은 망료가 백리중의 수하 정도라 생각하고, 단령경은 망료가 사파와 거래를 하는 간자 정도라 생각했다.

그래서 망료가 왜 저러는지 쉬이 파악할 수가 없었다.

서로가 자신에게 이득이 되는 짓을 하려는 건지, 아니면 돌발 행동을 하려는 건지 짐작도 못 하고 있었다. 그렇다고 마냥 다그칠 수도 없는 것이…… 만일 상대 쪽에 붙어 버리게 된다면 그것만으로도 문제가 되어 버리니 말이다!

과연 망료는 무슨 짓을 하려는가?

단령경과 제갈명은 내공을 끌어 올리고 바짝 긴장한 채로 추이를 지켜보았다.

"흐음."

망료는 둘이 만들어 낸 기세가 부딪치는 공간의 경계에서 잠깐 멈췄다. 그러더니 성큼 경계 안으로 들어섰다.

단령경과 제갈명이 뿜어내는 힘의 경계를 통과한다는 것은 둘의 기세를 동시에 양쪽으로 받는 뜻이다. 경계를 통과하는 순간 망료의 전신 털이 모두 곤두섰다.

찌릿, 찌릿.

머리카락은 사자처럼 사방으로 뻗쳤고, 옷깃이며 펑퍼짐한 옷자락은 빳빳하게 펴져서 주름이 사라졌다.

"후."

경계를 통과한 후에 가볍게 한숨을 토하며 머리카락을 누른 망료가 계속해서 걸어 가운데에 쓰러져 있는 백리권과 진자강에게까지 갔다.

단령경과 제갈명은 서서히 자세를 낮췄다. 만일의 경우 바로 뛰쳐나갈 심산으로 지켜보고 있는 것이다.

망료는 의족 때문에 무릎을 제대로 구부리지 못하고 서서 아래를 보았다.

백리권과 진자강이 쓰러져서 엎어져 있는 모습을 보더니, 갑자기 욕지거리를 내뱉었다.

"그놈의 독, 더럽게도 효과가 나쁘군."

단령경과 제갈명이 움찔했다.

망료가 누구에게 하는 말인지 모호했다.

잠시 내려다보던 망료가 백리권을 덥석 잡고 들어 올렸다. 그러곤 어깨에 둘러메었다.

"으으……."

백리권이 신음을 흘렸다. 어깨에 걸쳐져 머리가 땅을 향한 채로 입에서 핏물이 뚝뚝 흘렀다.

곧 망료가 제갈명 쪽으로 몸을 돌렸다.

단령경이 눈을 부릅떴다.

배신인가!

무슨 생각인지 알 수는 없지만 단령경은 곧바로 경고했다.

"그 아이를 이쪽으로 데려오는 게 신상에 좋을 것이다."

제갈명도 지지 않고 말했다.

"당연히 이쪽으로 와야지."

망료는 단령경과 제갈명을 번갈아 쳐다보았다. 어쩔 줄 모르겠다는 투가 아니라 꼭 물건을 두고 흥정하려는 상인의 태도 같았다.

망료가 단령경을 보며 말했다.

"내가 그쪽으로 데려가면 백리중이란 후레자식이 나를 가만두지 않을 것인데."

이어 바닥에 있는 진자강을 발로 툭툭 차면서 제갈명을 보았다.

"그렇다고 내가 그리로 가면 산동요화가 이 녀석을 가만 두지 않을 것이고."

제갈명이 눈썹을 찡그렸다.

"설마하니 사갈독왕이 검각주의 제자보다 낫다는 뜻으로 하는 말은 아니겠지?"

"왜 아니겠소이까."

제갈명이 눈썹에 힘을 주고 망료를 노려보았다.

"듣기에 따라…… 반역자들의 무리에 가담하였다는 뜻으로 해석해도 되겠는가?"

"어허…… 그쪽이 나를 협박할 위치는 아닐 터인데?"

"뭣이?"

망료는 고민하는 투로 있다가 고개를 끄덕였다.

"그럼 이렇게 하지."

단령경과 제갈명이 신경을 곤두세웠다. 망료가 백리권을 내려놓고 무릎을 꿇린 것이다.

물론 백리권은 중독이 극심해서 제힘으로는 앉아 있을 수조차 없는 상태였다. 망료가 백리권의 머리통을 붙들고 억지로 앉아 있게 했다.

"양쪽이 싸울 때의 해결법! 싸움의 원인을 제거하라. 그러니까 이 녀석을 없애면 아무런 문제가 없어지는 거 아니 겠소?"

제갈명이 어처구니가 없어 고함을 쳤다.

"그런 짓을 하면 검각주의 분노를 감당해 내지 못할 것이야!"

망료가 어깨를 으쓱했다.

"난 별로 잃을 게 없는 사람이오만?"

백리권에게 오도절명단을 건넨 것은 망료다. 백리권이 죽었다면 깨끗했겠지만 죽지 않은 탓에, 입을 막으려면 직접 죽일 수밖에 없었다.

그리고 백리권을 죽인 후에 제갈명을 죽여야 하는 것은 당연한 수순이다.

"하여간 돈 아낀다고 재료를 덜 써서 좋게 되는 꼴을 못 봤다니까. 에잉."

망료는 얼굴을 찌푸린 채로 손에 힘을 주었다. 장심을 통해 내공이 백리권의 백회로 주입됐다.

이미 눈이 흐릿해진 백리권의 입에서 숨넘어가는 신음이 튀어나왔다.

"끄어어어……."

눈알이 튀어나올 것처럼 부풀고 코에서 코피가 터져 나왔다.

망료는 백리권의 머리를 터뜨려 버릴 심산이었다.

"그만두지 못할까!"

대경한 제갈명이 소리를 지르며 망료에게 달려들려고 했다. 단령경 역시 마찬가지였다.

하지만 그때.

전혀 상상하지 못했던 일이 벌어졌다.

망료가 갑자기 손을 놓아 버린 것이다.

백리권이 모로 넘어갔다. 백리권은 죽지 않았다. 아니, 망료가 죽이길 포기했다.

망료가 한숨을 쉬었다.

"후우우……."

길게 한숨을 내쉰 망료가 혼잣말을 했다.

"너는……."

망료가 고개를 천천히 아래로 내렸다. 그러곤 하려던 말을 마무리했다.

"너는 늘 나를 놀라게 만드는구나."

피투성이가 된 진자강이 아래에서 망료를 올려다보고 있었다. 망료의 옆구리에 은장도를 박아 넣은 채.

진자강은 경악한 표정으로 눈을 치켜떴다.

"당신…… 당신이 어떻게 아직까지 살아 있는 거지?"

이제껏 모든 곤란과 죽음의 위기 속에서도 침착함을 유지했던 진자강이었으나 이번만큼은 목소리가 떨리고 있었다.

　　　　　＊　　　　　＊　　　　　＊

　진자강은 극한의 고통을 생생히 느끼며 깨어 있었다.

　어떤 상황에서든 정신을 잃지 않는다는 것은 형벌이나 다름없었다.

　몸이 갈기갈기 찢겨 나가는 고통, 죽어 가고 있는 느낌을 잊고 싶어도 그럴 수가 없다.

　하지만 그 덕분에 진자강은 망료의 옆구리에 은장도를 박아 넣을 수 있었다. 백리권의 점혈은 반쪽만이지만 이미 풀린 지 오래였다.

　'어떻게……!'

　진자강은 치미는 핏물을 삼키면서 망료를 노려보았다.

　처음 망료의 목소리를 들었을 때 진자강이 받은 충격은 상상할 수도 없을 정도였다.

　분명히 죽었다고 생각했는데.

　아니, 그때 기억을 떠올려 보니 확실하게 숨을 끊어놓은 기억이 없었다!

　진자강은 인정할 수밖에 없었다.

　그렇다. 그때는 너무 어렸다. 복수를 해냈다는 생각에만 사로잡혀서 깔끔하게 일을 처리하지 못했다.

　저 망료라는 악마는 중독된 채로 집이 불타 버렸는데도

결국 거기에서 살아 나온 것이다!

진자강은 그제야 석림방에서 망료의 이름이 나왔던 이유를 깨달았다.

특히나 자신의 귀에 들려왔던 '고생했다'던 목소리.

그게 환청이 아니었던 건가…….

그렇다면 독문에 이르기까지 있었던 일들, 누군가가 자꾸만 자신의 일에 개입한다는 생각이 들었던 모든 일들에 망료가 관련되어 있었을지도 모른다는 생각이 들었다.

그 정점이 독문이었고.

진자강은 머리가 복잡해졌다.

망료가 진자강을 내려다보며 물었다.

"내가 어떻게 살아났는지 궁금한 거냐? 그게 궁금해? 네가 나를 죽이지 못했으니 살아 있겠지. 안 그렇겠느냐."

그 말을 듣자 진자강은 머리에 찬물을 끼얹은 듯한 기분이 들었다.

조금씩 기분이 가라앉으며 생각이 정리되었다.

잠시 멍하던 진자강이 갑자기 웃었다.

"하하!"

망료는 어이가 없었다. 자기 옆구리를 찔러 놓고 정색을 하던 놈이 갑자기 웃는다?

진자강이 말했다.

"그렇군요. 참으로, 다행입니다."

진자강의 목소리는 더 이상 떨리지 않았다.

망료는 절로 인상이 써졌다. 이놈이 갑자기 왜 이러지? 하는 생각이 들 수밖에 없었다.

"지금 다행이라고 했느냐?"

사실 망료는 언젠가 이런 순간이 올 줄 알았다. 그리고 늘 궁금했다.

그 순간에 과연 진자강은 자신을 보고 뭐라 말할까. 어떤 얘기를 할까. 무슨 표정을 지을까. 귀신이라도 본 듯한 표정을 지을까?

아까의 경악하던 표정은 예상하던 바에 어느 정도 일치했다.

그러나 이건 아니었다.

웃으면서 다행이라 말할 건 전혀 상상도 못 했다.

망료가 다그치듯 재차 물었다.

"다행이라고? 내가 살아 있는데, 다행이라고 했느냐?"

"다행이잖습니까."

울컥.

진자강은 망료의 몸에 한 모금의 피를 뿜어냈다.

그러더니 시뻘겋게 피로 물든 눈으로 망료를 올려다보면서 미소를 지었다.

"내가 죽기 전에…… 당신을 죽일 수 있는 힘이 남아 있을 때 당신을 만나게 됐으니까."

진자강이 망료의 옆구리를 찌른 손에 더욱 힘을 주었다. 은장도를 옆으로 비틀었다.

우드득, 갈비뼈를 비집고 은장도가 파고들었다. 망료가 고통으로 얼굴을 찡그리며 진자강의 손을 잡아 멈추게 했다.

진자강이 이를 악물고 말했다.

"몇 번이고, 죽여 드리죠. 내가 살아 있는 한 계속."

진자강의 말을 들은 망료는 이상한 기분에 휩싸였다.

진자강이 저리 엉망이 됐지만 별로 즐겁지 않았고, 진자강도 그리 고통스러워하는 것 같아 보이지 않았다.

오히려 전의에 불타서 힘을 내고 있지 않은가.

'뭔가…….'

뭔가 잘못된 것 같았다.

괜히 숨이 막히는 게 굉장히 불쾌한 느낌이 들었다.

옆구리를 쑤시고 들어오는 은장도가 심한 통증을 일으키며 신경에 거슬렸지만 그것 때문이 아니었다.

근 십 년의 세월을 믿어 왔던 것이 어쩐지 틀렸을지 모른다는 생각이 든 탓이었다.

망료는 진자강을 천천히 살펴보았다.

머리카락은 반이나 타서 눌어붙었고 얼굴이며 목, 드러난 팔은 화상으로 인해 물집 천지였다. 가슴은 치명적인 상처를 입어서 심한 출혈까지 있었다.

광혈천공을 극한까지 끌어 쓴 듯 눈알도 피에 잠겼고, 우반신 곳곳에 혈맥이 터져 거미줄처럼 실피가 흘렀다.

그런데…… 그런 몸으로 끝끝내 손가락만 한 칼 하나를 자기 옆구리에 박아 놓았다.

왜 이렇게 됐는지 사정 같은 건 물어보려 하지도 않았다. 그냥 칼부터 쑤셔 넣고 죽일 생각만 했다.

자기가 죽을 건 아랑곳하지 않고.

그래서…….

'이런 놈에게 고통이 무슨 의미가 있지?'

갑자기 그런 의문이 들어 버린 것이다.

망료는 화가 치밀어 진자강을 밀쳐 버렸다.

"거추장스러우니 비켜라!"

진자강은 그대로 나동그라졌다.

망료는 옆구리에 박힌 은장도를 뽑았다. 내공으로 독이 퍼지지 않도록 막아 놓고 뽑아낸 은장도를 옷으로 닦은 후, 조금의 망설임도 없이 옆구리 살을 도려냈다. 한 줌의 살이 갈비뼈가 보일 정도로 움푹 파이며 피가 철철 흘렀다.

진자강은 안타깝게도 남은 독을 모두 짜내어 망료를 공격한 것이 허사가 되었음을 깨달았다. 혹시나 싶어 뼛속까지 깊게 독기를 침투시키려 하였는데 실패한 것이다.

진자강은 다리에 힘을 주고 일어섰다. 그러나 이미 망가질 대로 망가진 몸은 더 이상 말을 듣지 않았다.

제대로 일어서지 못하고 그대로 엎어졌다. 먹먹하니 바닥에 닿는 뺨의 감각이 잘 느껴지지 않았다.

'이제 끝인가?'

이제 자신의 여정이 서서히 끝나감이 느껴지고 있었다.

망료를 죽이지 못한 것이 한으로 남겠지만 어쩔 수 없었다.

최선을 다했다.

운이 나빴을 뿐…….

진자강은 죽어 가고 있었다.

망료는 점혈을 해서 옆구리 출혈을 막고는 이를 씹으며 진자강을 노려보았다.

진자강은 움직이는 것조차 고통스럽고 힘들 것이다. 바닥을 데굴데굴 구르면서 아프다고 비명을 질러도 어색하지 않은 상태다.

그런데도 진지강은 자신이 몸 상태 따위에 아랑곳하지

않는 것처럼 보였다. 오로지 복수에만 미쳐 있는 것 같았다.

그건 내일이 없는 놈들이나 할 만한 짓이었다. 그냥 앞만 보며 달리다가 쓰러져 죽으면 그곳이 바로 무덤이 되는…… 그런 하루살이 같은 놈들 말이다.

'왜?'

복수를 못 하고 죽는 것이 두렵지 않은 건가?

내공을 쓸 때마다 몸이 망가져 가는 고통이 아무렇지 않은 건가?

하지만 지금까지 지켜본 바, 진자강은 도망갈 구석 없이 목숨을 던지는 놈이 아니었다. 늘 제 이, 제 삼의 대책을 만들어 놓고 움직이는 놈이다.

불현듯 망료는 깨달았다.

진자강이 이렇게 행동하는 이유를.

죽어 가는 순간까지 복수만을 노리고 있는 이유.

그건 바로 그때밖에 기회가 없기 때문이었다.

"흐흐흐."

망료는 갑자기 눈이 욱신거렸다. 눈뿐만이 아니다. 비어 버린 양 무릎의 아래는 아직도 시시때때로 쑤셔 오며 망료에게 고통을 주었다.

그것이 왜 고통스러운가.

그건 망료가 눈과 다리를 잃음으로 인해 미래를 잃었고, 살아야 할 이유와 희망을 잃었기 때문이다.

하지만 진자강은 다르다.

진자강은 복수 말고는 지켜야 할 것이 없었다. 살아야 할 이유가 복수 말고는 없었다.

그러니까 진자강은 매번 살아남기 위해 최선을 다하되, 살 수 없다는 판단이 서면 자기 목숨을 미끼로 써서라도 마지막에 복수할 기회를 만들어야 했던 것이다. 최후의 순간이 되면 자기가 사는 것보다 오히려 복수를 택하고 마는 것이다.

죽어 가는 지금에도 살 생각을 하는 게 아니라 자신에게 칼을 박은 게 바로 그런 의미였다.

망료는 이를 갈며 숨을 내쉬었다.

'내가 잘못 생각했군. 복수 외에 아무것도 생각하지 않는 놈에게 고통을 준다 해도 그게 과연 고통스러운 일일까.'

고통이라는 건 본인이 고통스럽다고 느낄 때에야 의미가 있는 것이다.

진자강은 고통을 고통으로 느끼지 않는다. 어떤 순간에는 자신의 고통마저도 복수에 이용하려 할 터였다. 그것은 언제든 죽을 수 있는 지를 죽이겠다고 협박하는 것과 마찬가지로 아무 의미 없는 일이었다.

망료는 인상을 구겼다.

이제야 확실히 알았다. 자신이 생각한 방법으로는 진자강에게 고통을 줄 수 없었다.

본래 망료는 진자강을 계속해서 괴롭히려 했다.

긴 시간 죽이지 않고 괴롭히면서 그 모습을 즐기려 했다. 그러다가 진자강이 높은 곳까지 올라갔을 때에 한순간 나락으로 빠뜨려 버리고 싶었다. 끝도 없는 절망감을 안겨 주고 싶었다. 진자강이 좌절하며 몸부림치게 만들고 싶었다.

하지만 지금으로서 진자강은 전혀 절망하지 않을 터였다.

절망이라는 건 희망을 갖고 있던 자에게서 생겨난다.

애초부터 희망이라는 게 없던 진자강은 절망하고 싶어도 절망할 수가 없는 몸이었다.

'일의 선후가 바뀌었어야 했군.'

역설적이게도 망료의 복수를 위해 진자강에게 필요했던 것은 고난이 아니라 희망이었다. 오랫동안의 갱도 생활로 희망을 잊은 진자강에게 희망부터 깨우쳐 주었어야 했던 것이다.

"큭큭."

망료는 어이가 없어 웃었다.

"거참."

살다 보면 별일이 다 있다고 해도, 원수에게 삶의 의미를 안겨 주어야 하는 이 상황은 망료에게조차 헛웃음이 나오게 하는 일이었다.

아무래도 이제부터 망료는 이전과는 다른 방향으로 행동해야 할 것 같았다.

하나 일단은 꼬여 있는 상황부터 풀어야 했다.

방금까지는 백리권을 죽여 버리고 여의선랑과 함께 제갈명을 처리해 버릴 생각이었다. 당연히 진자강은 살려 두고 말이다.

그렇지만 방금의 일로 생각이 바뀌었다.

'둘 다 살려야 한다.'

물론 쉬운 일이 아니었다.

단령경은 호시탐탐 자신의 앞에 있는 백리권을 노리고 있었다.

백리권을 살리려 하면 단령경은 필히 자신을 공격할 것이다. 반면에 진자강을 살리려 하면 그 틈을 노려 백리권을 죽일 터.

단령경뿐 아니라 제갈명도 문제였다. 제갈명은 자신의 배신 행위를 직접 본 자였다. 가만히 내버려 둘 수 없었다.

심지어 진자강은 낭장이라도 치료가 필요했다. 제갈명과

싸우는 따위의 일로 시간을 낭비하면 진자강은 죽어 버리고 말 것이다.

'이를 어찌해야 할까나.'

망료는 지금의 이 복잡한 상황을 타개할 수 있는 묘안이 필요했다.

제갈명은 혼란스러웠다.

망료가 백리권을 해치려 했는데 진자강이 도중에 망료를 공격한 것이다.

이것을 어떻게 해석해야 할지 판단이 서지 않았다.

늘 하던 대로 머릿속으로 계속해서 생각을 하고 분석을 하려 했다. 그러느라 바로 움직이지 못했다.

그 순간 단령경이 움직였다. 제갈명이 아차 싶어 뒤따라 움직였으나 한 발이 늦었다.

하지만 놀랍게도 단령경을 막아선 건 망료였다.

"아아, 거기 잠깐 좀 서시오."

"지금 나를 막은 건가?"

"기다리시란 거요. 지금 이 순간 우리 셋에게 가장 만족할 만한 결과를 도출하려는 중이니까."

망료가 백리권에게로 갔다.

망료는 자신이 움직인 순간 단령경의 피견이 꿈틀대는

것을 보았다. 만일 진자강에게로 갔다면 반드시 단령경은 피견을 날려 백리권을 낚아챘을 터였다.

백리권은 입에 피거품을 물고 사지를 경련하고 있었다.

"그륵, 그르르륵."

숨을 쉬지 못하고 있었다. 오도절명단은 폐울혈(肺鬱血)을 일으켜서 죽게 만드는 독이다.

망료는 엎어진 백리권의 상체를 일으킨 후 머리를 잡고 명치 아래쪽을 발끝으로 찼다.

내공이 담긴 발끝이 푹푹 들어갔다. 빠르게 열 번가량을 차자 백리권의 배가 홀쭉해졌다.

마지막으로 등을 차자 백리권이 왁! 하고 대량의 피를 토해 냈다. 거품이 잔뜩 섞인 피는 한 번으로 그치지 않고 연신 부글대며 뿜어져 나왔다.

망료는 더 이상 피가 나오지 않을 때까지 기다리다가 백리권을 들어 어깨에 둘러업었다.

그 모습을 본 단령경이 인상을 쓰고 노려보았다.

"미리 약속해 두건대, 내 앞에서 그놈을 산 채로 데려간다면 본인의 기분이 매우 좋지 않을 것이야. 그대가 아끼는 저 어린 소년의 거취가 걱정된다면 잘 생각하길 바라네."

망료는 수긍했다.

"물론 그러시겠지."

망료의 무례한 말투에 단령경의 눈빛이 매서워졌다.

망료는 이해한다는 투로 말을 이었다.

"아아, 내 얘기는 등을 보이는 자도 공격하지 못하면서 왜 허세를 부리느냐는 농이었소. 뭐 그 얘긴 됐고, 이렇게 합시다. 이건 어린애들도 알 수 있는 간단한 거요."

망료가 쓰러진 진자강을 가리켰다.

"내가 백리권을 잠시 빌려 갈 테니 이놈을 맡아 놓고 계시면 되는 거요. 그리고 때가 되면 서로 맡긴 걸 다시 찾아가든가 하면 되는 거지. 어떻소. 아주 간단하지 않소?"

"뭐라고?"

제갈명이 끼어들었다.

"무슨 수작이냐!"

"아아, 흥분하지 마시고. 형장도 할 일이 있소이다."

망료가 제갈명에게 당부했다.

"검각주에게 좀 전해 주시오. 만일 내 뒤를 쫓는다든가 해서 나를 귀찮게 하면 요 귀여운 녀석의 안전은 보장하기 어려울 거라고."

제갈명이 금방이라도 달려들 기세로 물었다.

"검각주에게 함부로 각을 세웠다간 무슨 꼴이 되는지 알 텐데."

"허어, 큰일 날 소리를 하시는군. 내가 언제 각을 세웠다고 그러시는가? 오히려 검각주의 양자를 산동요화로부터 살려 주려는 거 아니오. 여기 놓고 가면 댁이 구해 줄 거요? 만일 죽으면 전부 댁이 책임져야 할 것인데?"

말은 막말이었지만 틀린 말은 아니었다. 물론 백리중을 후레자식이라 말하는 자에게 말에서 예의를 기대할 수는 없는 일이다.

"아주 대놓고 박쥐처럼 구는군."

"박쥐는 살기 위해 뭐든 할 수 있는 법이오."

망료가 빙긋 웃었다.

"자, 그럼 대충 정리가 된 듯하구려."

단령경이 망료를 막았다.

"난 정리가 된 것 같지 않은데."

"정리가 되어야 할 거요. 한 번 더 나를 막으면 나는 지체 없이 이놈을 제갈가에 던져 버릴 테니까. 그러면 나도 어쩔 수 없게 되겠지."

제갈가와 힘을 합쳐 단령경을 공격할 수도 있다는 말이 생략되어 있는 것이었다.

망료가 백리권과 진자강을 번갈아 눈짓했다.

"난 시간이 없소이다. 둘 중 하나라도 죽으면 내 얘기는 다 무효요."

단령경은 마음에 안 드는 눈으로 망료를 보다가 걸음을

옮겨 비켜 주었다.

망료가 고개를 까딱하며 인사했다.

"고맙소."

망료는 백리권을 둘러메고 한쪽엔 목발을 든 후, 순식간에 자리를 벗어났다.

제갈명과 단령경의 시선이 가운데에 쓰러져 있는 진자강을 향했다.

그러나 제갈명은 금세 탐욕을 버렸다.

진자강은 손가락으로 건드리기만 해도 죽을 정도로 기식이 엄엄했다.

이런 상황에서 괜히 진자강을 데리고 갔다가 죽어 버리기라도 하면 뒤에 벌어질 일에 대해서 모든 책임을 뒤집어쓰게 된다. 그걸 감수하고 모험을 할 정도로 백리가에 의리가 있는 사이도 아니다.

사파에서 데려가서 죽든 말든 거기서부턴 자신이 알 바 아니었다.

"이번은 물러나겠소. 하나……."

제갈명이 진자강을 쳐다보았다. 몸이 저 지경이 돼서도 아직 눈이 살아 있다. 질릴 정도로 독한 놈이다.

제갈명은 진자강에게 말했다.

"너는 본 가의 최명부를 받았다. 오늘은 운 좋게 살아 간

대도 숨 쉬는 이상 다시 만나게 될 것이다. 제갈가의 진혈이 펼치는 구궁팔괘진은 네가 겪은 가신 가문의 것과는 비교도 할 수 없느니라."

진자강은 뭐라고 대꾸하고 싶었지만 목소리가 나오지 않았다.

곧 제갈명은 물러서서 떠났다.

단령경은 심기가 불편한 표정이었다. 원하는 건 얻지 못하고 혹만 생겼다.

편복이 헐레벌떡 달려왔다. 멀리서 지켜보고 있다가 상황이 정리된 듯하자 바로 뛰어온 것이다.

편복은 진자강의 상태를 보고 기함하듯 놀라 주저앉았다. 진자강이 살아 있는 게 용할 정도로 엉망인 상태인데 눈동자가 움직여서 자신을 본 때문이었다.

단령경이 돌아서며 말했다.

"치료해 주게. 아이를 데려가야겠네."

"네, 네!"

편복은 진자강의 몸에 약을 바르고 급한 대로 옷을 찢어 묶었다.

그 와중에도 진자강은 한참이나 눈을 뜨고 있다가 통증이 좀 가라앉으면서 겨우 잠이 들 수 있었다.

　　　　　*　　　*　　　*

닷새 후.

진자강은 모종의 장소로 옮겨져 치료를 받았다.

온몸이 붕대에 감겨 거의 눈만 드러내 놓은 채였다.

편복이 들어와 방 안에 내상에 좋은 향을 피웠다.

"난 솔직히 자네가 거기서 살아 나올 줄 몰랐네."

진자강이 작은 목소리로 대답했다.

"저도…… 그렇습니다."

"제갈가의 구궁팔괘진은 풍수진이 아니라 전쟁에서 쓰던 군진을 무림의 합격진 형태로 바꾼 거라, 자네에게 도저히 가망이 없다고 봤지."

편복은 와서 진자강의 붕대를 살피더니 붕대를 풀고 상처를 닦아 주었다. 화상 때문에 진물이 흐르고 계속 피가 나서 수시로 붕대를 갈아도 계속해서 젖고 있었다.

"물론 자네가 독을 쓴다는 점과, 마을에 불을 질러서 전장을 유리하게 선점한 것은 아주 영리한 일이었지만…… 그래도 이게 뭔가. 도대체 뭐하러 그런 무모한 짓을 해서…… 에휴."

"살기 위해 한 겁니다."

"마음에도 없는 소리 하지 마. 마을 사람들 살리려고 그런 거 내가 모를 줄 알아?"

"결국…… 저도 살아남았잖습니까."

"이게 살아남은 건가? 의원 말이, 선랑께서 손을 쓰지 않았으면 위험했을 거라더군. 만약 덧나서 열이 오르기 시작하면 걷잡을 수 없을 테니 마음의 준비를 해 두라고."

진자강은 기억하고 있었다. 수레에 실려 오는 동안 단령경이 진자강의 몸에 계속해서 진기를 불어 넣어 주었다. 덕분에 상처가 심해지지 않고 의원이 치료할 때까지 버틸 수 있었다.

편복은 진자강의 환부에 고약을 덕지덕지 붙이고 그 위에 깨끗한 광목천으로 다시 감았다.

"아니 뭔 싸움을 이렇게 무식하게 하는 사람이 다 있어? 내가 심혈을 기울여 만든 만병통치약을 전부 쏟아 붓게 생겼구만, 쯔쯔."

"신세를 지게 되어 죄송합니다. 은혜는 꼭 갚겠습니다."

"됐어. 그런 말을 하는 놈치고 은혜를 갚은 놈이 없어요. 차라리 말을 하지 말고 나중에 돈으로 갚아."

편복이 붕대 갈기를 끝내고 한숨 돌리고 있는데, 단령경이 들어왔다.

"좀 어떤가?"

"덕분에 산 깃 같습니다. 감사드립니다."

단령경은 진자강이 누운 침상의 모서리에 살짝 앉았다.

"너무 무모했네."

"불을 지른 건 제가 가장 살 가능성이 큰 방법이었습니다."

"불이 아니라 소협의 방식."

진자강은 무슨 의미인지 몰라 대답을 할 수 없었다.

"불에 덴 상처를 말씀하시는 겁니까?"

"아아, 우선은 그것부터 사과해야겠군. 소협의 상태를 진정시키기 위해 허락을 받지 않고 몸을 살펴보았지."

"괜찮습니다."

"그럼 말하겠네. 소협이 사용하는 내공심법은 아주 잘못되었다네."

진자강도 그것이 좋다고는 보지 않았다. 자신의 몸을 파괴하고 좀먹어 가는 방식이 좋을 리 없을 터다.

단령경은 차분한 어조로 말을 이었다.

"기혈의 반은 막혀 있고 반은 심하게 상처를 입어서 곳곳이 찢기고 파열되어 있었네. 내 예상대로라면 그것은…… 아마도 광혈천공. 살수들이 사용하는 내공 운용법이겠지."

"아, 그것 이름이 광혈천공이라는 것이었군요."

진자강의 무덤덤함이 어처구니없다는 듯 단령견이 씁쓸하게 말했다.

"광혈천공을 익힌 자는 삼 년을 넘기지 못하고 전신의 구멍이란 구멍에서 모두 피를 쏟으며 죽는다네. 소협의 경우에는 한쪽만 쓰고 있는 우반신이 그렇게 될 걸세."

"삼 년…… 생각보다 길군요. 잘 알겠습니다."

"남의 얘기하는 게 아닐세. 소협의 얘기지."

진자강은 담담한 눈빛으로 단령경을 보았다.

"제가 광혈천공을 사용하지 않으면 삼 년 이상을 살겠습니까?"

"꼭 삼 년을 살지 못한다는 법도 없네."

"망료와 약속하지 않으셨습니까. 백리권을 데려오면 저를 보내기로."

"소협은 그때에도 지금도 나를 우습게 보는 건 여전하군. 이 몸은 어리석고 아둔할지언정 누구의 명령으로 움직이는 사람이 아닐세. 또한 남에게 이용당하는 것을 가장 싫어하지."

"부인을 탓할 생각도, 부인을 방해할 생각도 전혀 없습니다. 언제 무슨 일이 생기든…… 저는 제 나름대로 살기 위해 최선을 다할 뿐입니다."

단령경이 여전히 차분하게 말했다.

"망료란 자는 신의가 없고 음험한 자일세. 나는 그 같은 자를 경멸하지. 나와 있는 동안에 소협은 그자를 걱정할 필요가 없네."

"오래 폐를 끼치진 않겠습니다."

"폐를 끼친다는 것도 나를 무시하는 말일세. 다음번에도 그런 얘길 한다면 내 소협의 궁둥이를 벗겨 볼기를 때려 주겠네."

그것만큼은 진자강도 왠지 오싹한 말이었다. 나이를 먹을 만큼 먹어서 볼기를 맞는다는 것은!

무공의 격차도 심한 마당에 몸까지 이런 모양이니 만일 단령경이 그런 마음을 먹는다면 꼼짝없이 당하고 말 터였다.

진자강은 굳은 얼굴로 말했다.

"복수하겠습니다."

"……."

단령경은 조용히 미소 지었다.

"흥, 그건 그야말로 복수귀다운 말이군."

단령경이 일어서며 말했다.

"얘기가 나온 김에, 한마디 함세. 내 언젠가 소협에게 복수에 관해 말한 적이 있었지."

"제게 복수를 그만두라고 하셨죠."

"지금이라도 그 말을 거둘 생각은 없는가?"

"예."

"상처가 낫는다 해도 멀쩡한 몸이 될 수 없을 것인데?"

"예전에도 멀쩡한 몸은 아니었습니다."

"이미 예전과는 상황이 많이 달라졌네."

단령경은 미소를 지우고 진지하게 말했다.

"남가촌에서 제갈가와 격돌한 지 닷새가 지났을 뿐인데, 벌써 중원의 호사가들 사이에 소협의 얘기가 돌고 있네. 제갈가의 구궁팔괘진을 단신으로 파훼했다고."

단령경이 잠시 말을 쉬었다가 이었다.

"그게 무슨 의미인지 알겠나? 소협의 활동 반경이 변방의 운남 무림에서 강호 무림의 중심으로 옮겨 가게 되는 걸세. 지금껏 운남에서 겪은 일들의 수십 배, 수백 배나 더 복잡한 인간 군상들을 마주치게 될 걸세."

진자강은 실감이 나지 않았다. 자기와 관련이 없는 말처럼 느껴졌다.

"이제껏, 저는 계속 저보다 강한 자들과 싸우며 살아왔습니다. 이전과 달라질 게 있습니까?"

"이젠 단순한 적들뿐만이 아니라 온갖 자들이 달라붙게 될 걸세. 일을 함께 도모하자며 권유하는 자, 소협의 유명세를 빌리고 싶어 하는 자, 이용하려는 자, 호기심으로 구경하려는 자……."

단령경은 잠깐 기다렸다가 말을 계속했다.

"하지만 무엇보다 가장 최악인 것은, 소협이 자신의 실력에 비해 너무 거물이 되어 비렸다는 점일세."

"……."

"소협에게 접근한 자들은 소협이 생각보다 약하다는 걸 알게 되는 순간 돌변할 걸세. 자신보다 명성이 높고 약한 자를 만나면 잡아먹는 게 그들의 속성이지."

진자강은 실소했다.

"제가 먹잇감이 되는 겁니까."

"그건 소협에게 달렸네."

단령경은 가만히 진자강을 보고 있다가 말했다.

"인호닉조 신룡은린이라는 말이 있지. 어진 호랑이는 발톱을 감추고, 신령한 용은 비늘을 감춘다. 멀리 보는 자는 때를 기다리며 재주를 숨길 줄 알아야 한다는 뜻일세."

진자강은 왜 단령경이 말을 길게 하고 있었는지 깨달았다.

"아직 하지 않은 말씀이 있군요. 하실 말씀이 있다면 더 이상 돌리지 말고 하셔도 됩니다."

"아직, 흑도를 받아들일 준비가 되지 않았는가?"

진자강은 멍해졌다. 자신의 처지가 갑자기 피부로 느껴졌다.

강호의 명문이라는 제갈가와 싸우고 백리가의 제자와도 싸웠다.

사갈독왕이라는 별호까지 얻은 차에 이제 누가 진자강을 정파인으로 보겠는가.

하지만 진자강은 단령경의 질문에 바로 대답하지 못했다. 아직은 받아들일 수 없었다.

"시간은 충분하니 차차 생각해 보게."

단령경은 눈으로 인사를 하곤 방을 나갔다.

편복이 공손하게 단령경을 배웅하곤 진자강의 곁으로 왔다.

"흐음. 선랑께서 이렇게 공을 들이는 모습은 처음 보는군. 아무래도 자네가 마음에 드신 모양이야. 자꾸 튕기지 말고 그냥 한 패거리가 되겠다고 해 버려."

진자강은 헛웃음이 났다.

"패거리입니까?"

"서로 돕고 살면 패거리지 뭐. 별거 있나? 괜히 거창하게 총연맹 어쩌구 하는 것보다 낫지. 아, 물론 나는 자네가 오는 거 반대야."

진자강이 무슨 소리냐는 투로 쳐다보았더니 편복이 실실 웃었다.

"아, 잔소리 한마디 했다고 밥에다가 뭘 섞어 놓을지 어떻게 아느냐고. 어디 불안해서 살겠어?"

물론 진심으로 하는 말은 아니고 장난을 거는 것이다.

"그럼 좀 쉬게. 나도 가서 일을 봐야지."

편복까지 나가자 진자강은 방 안에 혼자 남았다.

그제야 참고 있던 신음이 흘러나왔다.

"으윽……."

온몸이 쓰리고 아팠다. 뼈 한 조각, 근육 한 줄기 아프지 않은 곳이 없었다. 가슴에 크게 베인 상처는 통증이 너무 심해서 자기 살이 아닌 것처럼 먹먹하기까지 했다.

하지만 육체의 고통보다도 더 진자강을 심란하게 한 건 다름 아닌 망료의 존재였다.

'망료!'

第二章

벙어리 소녀

치유를 위해 쉬는 동안 진자강은 많은 생각을 했다.

그 대부분은 망료에 대한 생각이었다.

하지만 아무리 생각해도 망료의 목적에 대해서 짐작할 수가 없었다. 자신을 이용하려 한 것은 확실한데 무엇 때문인지를 몰랐다.

자기를 모르는 사람이라면 그럴 수 있다. 하지만 망료는 자신에 대해 안다. 진자강이 기껏해야 기혈이 막혀서 내공도 제대로 못 쓰는 반푼이라는 걸 누구보다 잘 알고 있었다.

그런데 이용할 가치기 있는가?

오히려 망료는 예전보다 훨씬 더 강해졌다. 진자강은 그에게서 제갈명에게 받은 기세와 비슷한 느낌을 받았다.

사실 매우 놀랐다. 운남 변방에서 활동하던 무인이 십 년도 되지 않아 제갈가 고수와 맞먹을 정도의 기세를 갖게 되었다니!

진자강이 갱도에서 정을 쪼며 잘 알지도 못하는 구결들과 약방문을 외고 있을 때, 망료는 그렇게나 강해졌던 것이다.

그러니까 더욱 이상하게 생각될 수밖에 없었다. 그리 강해진 망료가 뭐하러 자기를 이용하려는가.

"제가 그럴 만한 가치가 있습니까?"

진자강이 방에 놀러온 편복에게 물었다. 편복은 그간 진자강에게 들어 대강의 사정을 알고 있었다.

편복은 왠지 어이가 없어 하며 진자강을 빤히 쳐다보았다. 진자강은 당연히 없다는 대답을 기대하고 물은 것이었지만, 편복의 생각은 좀 다른 모양이었다.

"열 살에 지독문을 날렸다며."

"그러긴 했습니다."

"그 나이에는 우리 선랑도 못하셨을 일이야. 누가 열 살에 방파 하나를 날려."

"무공으로 한 일은 아닙니다."

"무공이 아니니까 더 무섭지. 무공도 없는데 독으로 열 살 재수 없는 꼬마가 수백의 무사들을 대량 살상한 거니까."

편복이 재수 없다는 말을 유독 강조하며 말했다.

"그렇게도 생각해 볼 수 있긴 하군요."

"나는 솔직히 그제 선랑이 하신 말씀에 동의 못 하네. 자네가 실력보다 너무 고평가되었다고 하신 거."

"틀린 말은 아니지 않습니까."

"무인들은 간혹 무공만으로 평가하는 버릇이 있는데, 자네는 누구의 도움도 받지 않고 구궁팔괘진을 벗어난 사람이야."

"하지만 제갈가에서 하는 말은……."

편복은 명쾌하게 답했다.

"제갈가에서 가신 가문의 구궁팔괘진은 약하네 어쩌네 깎아내린 거? 니미럴 개소리지. 약하면 데리고 오질 말던가. 지들이 충분할 줄 알고 데려와서 깨지니까 헛소리를 해."

그러나 잠깐 생각하던 편복이 다시 말을 덧붙였다.

"근데 물론 제갈 성씨들이 펼치는 구궁팔괘진이 더 무섭다는 소문은 있어."

"하하……."

"하여간 기죽지 말아. 선랑이 하신 말씀 너무 귀담아들을 필요 없……."

그때 편복의 뒤에서 방으로 단령경이 들어왔다.

"내 얘기 중인데 방해해서 미안하네."

편복이 말을 하다 말고 얼어붙었다.

"으하하하, 그, 그럴 리가 있겠습니까요. 역시 선랑의 미모와 무공은 하늘이 닿아 있다는 얘기를 하던 중에……."

단령경은 별로 개의치 않고 할 얘기를 했다.

"제갈가의 개들이 냄새를 맡고 이곳 근처까지 쫓아와 어슬렁대고 있다 하네. 아무래도 은신처를 옮겨야겠는데, 움직일 만하겠는가?"

진자강은 침상에서 일어나 앉았다. 그러더니 침상을 내려와 섰다.

온몸을 친친 감은 붕대가 아니라면 전혀 아프지 않은 사람처럼 보였다. 물론 아프지 않을 리가 없다. 걸을 때마다 통증이 있을 터이다. 하지만 진자강은 조금도 내색하지 않았다.

"걸을 수 있습니다. 지금까지 돌봐 주신 것만도 충분합니다. 이제부턴 혼자서……."

단령경이 짧게 말했다.

"궁둥이 맞을 소리."

진자강의 얼굴이 빨개졌다.

"······."

오히려 투덜대는 건 편복이다. 편복이 자기 다리를 가리켰다.

"젊은 놈은 몰라도 이 늙은 종복은 아직 살도 안 붙었습니다요?"

단령경이 고개를 끄덕였다.

"알겠네. 추적을 피하기 위해 대읍으로 갈 것일세. 가마를 구하는 대로 출발하지."

진자강은 단령경의 말에 적이 놀랐다.

"대읍이라면······."

편복이 대답했다.

"사천 성도에서 서남쪽으로 이백 리 떨어진 곳이야."

사천성에는 정파에서도 구대 문파로 유명한 아미파와 청성파, 그리고 무림 세가로 사천 당가가 위치해 있다. 특히나 대읍은 청성파와 사천 당가의 중간쯤에 있다.

이백 리밖에 떨어지지 않은 곳이다. 경공이 뛰어난 고수들이면 하루 만에 본산에서 대읍까지 찾아올 수 있을 정도다.

이곳 운남과는 비교도 할 수 없이 위험한 곳. 그런데 그런 호랑이 굴로 직접 들어간다고 하니 놀라지 않을 수가 없었다.

단령경이 밀했다.

"소협은 운남에 남아 있고 싶겠지. 하지만 소협은 더 이상 사람들의 왕래가 적은 외딴 벽지에 있어선 안 되네."

단령경은 이해하지 못하는 진자강에게 다시 말했다.

"석림방과 암부가 있던 마을 촌민들이 어떻게 되었는지 생각해 보게. 남가촌도 소협의 기지가 아니었으면 같은 꼴을 면치 못했겠지."

"아⋯⋯!"

진자강은 그 말에 오싹해졌다. 아무 죄도 없는 이들이, 그게 어떤 이유이든 진자강이 개입된 탓에 깡그리 몰살되었다.

남가촌만 해도 진자강은 제갈가가 정파 사람들이라 그런 일이 없을 거라 순진하게 안심하고 있었다. 하나 편복은 다르지 않았는가. 진자강과 달리 오히려 살육이 벌어질 거라 우려하고 있었다.

"운남은 너무 외지라네. 첩첩산중이 가득하여 작은 마을에 무슨 일이 생겨도 볼 수 있는 눈이 없네. 악의적인 생각을 가진 자들이 마음껏 날뛰기 편하지. 어떤 일이 벌어지든 고스란히 촌민들의 피해로 이어질 걸세."

진자강은 조용히 단령경의 말을 들었다.

"안타깝게도 여긴 나의 힘이 미치지 않는 곳일세. 그리고 그 사람들을 지키기에 소협의 힘은 많이 약하지. 소협이 여기에 남아 있어선 안 되는 이유라네."

진자강은 단령경의 말을 수긍했다. 이미 자신이 소문상으로 거물이 되었다면 더 많은 이들이 찾을 터.

그렇다면 주변에 훨씬 더 많은 피해를 줄 수밖에 없을 것이다.

하지만 그렇다 해서 굳이 사천 성도에 가까운 곳에 가야 하는가는 아직 이해할 수 없는 일이었다.

"알겠습니다."

*　　　*　　　*

백리중은 뒤늦게 진자강과 단령경들이 떠난 남가촌에 도착했다.

할 수 있는 한 최고의 속도로 달려왔으나 물리적인 시간만큼은 그도 어쩔 수가 없었다.

백리중은 불에 전소되어 잔해만이 남은 남가촌을 쳐다보았다.

지부에서 동원된 무림총연맹의 무사들이 잔해를 뒤지고 다니며 증거를 수집하고 있었다.

백리중은 입을 꾹 닫고 분노를 억지로 억누르는 중이었다.

더구나 백리중에게 이번 일에 대해 설명해야 할 제갈가는 무사 몇과 자초지종이 담긴 서신을 남기고 철수해 버렸다. 백리권의 일까지 책임지고 싶지 않다는 간접적인 의미를 내포하고 있는 행동이었다.

백리중은 서신을 읽자마자 찢어 버렸다.

별다른 내용도 없이 뻔히 예상하던 얘기뿐이었다.

묵룡(黙龍)이 본 가의 가신 가문에서 펼치던 구궁팔괘진에 난입하여 궁지에 몰린 사갈독왕이 진을 벗어났고, 본 가는 무사들을 대거 잃고 진이 와해되어 난처한 상황이 되었소.

이후 묵룡은 사갈독왕에 패배한 것으로 보이오. 염화(炎火)로 인하여 뒤늦게 도착한 본인을 망료란 자가 산동요화와 연합하여 막아섰소이다.

망료란 자는 묵룡을 포획하여 떠나며 자신을 뒤쫓으면 해코지를 하겠다 호언하였고, 산동요화는 사갈독왕을 수습하여 달아났소.

본 가는 현재 총력을 다하여 망료란 자의 행적을 수소문하는 동시에 산동요화를 쫓는 중이오.

본인은 일련의 사태에 대해 안타까움을 금치 못하는 바, 언제든 검각주의 요청이 있다면 천리를 마다 않고 달려가 한 힘이 되어 드릴 것이오.

묵룡이란 별호를 다시금 되새긴 백리중의 눈썹이 분노로 파르르 떨렸다. 묵룡은 말수가 적고 침착한 성격의 백리권을 두고 부르는 삼룡사봉 중의 별호였다.

"감히 자신들의 책임을 전부 이쪽으로 떠넘겨?"

백리중은 화가 났으나 당장에 손쓸 도리가 없었다. 백리권은 무재가 뛰어나 특히나 자신이 아끼는 아들이자 제자였다. 백리권을 온전히 양자로 들이기 위해 친부였던 사촌 동생까지 내쳤다.

그렇게 얻은 아들이 근본도 없는 망료란 나부랭이의 손에 잡혀 있는 것이다!

"손끝만큼이라도 내 아들에게 탈이 생기면 네놈들은 모두 죽는다. 강호의 반을 뒤엎고서라도 반드시 찾아내 주마."

으드드득.

백리중은 이를 갈았다.

*　　　*　　　*

약 향이 가득한 지하의 작은 방.

백리권은 한옥(寒玉)을 곳곳에 박아 넣어 차가운 한기가 물씬 풍기는 석판 위에 벌거벗겨진 채 곧게 누워 있었다.

중년의 사내가 백리권의 전신 혈에 침을 꽂아 넣었다. 백리권을 고슴도치가 따로 없는 모양으로 만들고선 작은 한숨을 토하며 일어났다.

중년인이 뒤에 서 있던 망료를 힐난하듯 쳐다보았다.

"아주 거하게 사고를 치셨군그려."

"사고라니? 이것은 전부 내 계획에서 한 치도 벗어남이 없는 것이었소이다."

"그렇다고 해서 이쪽으로 데려오면 어찌하오. 가뜩이나 우리를 의심하고 있다면서."

"의심한다고 해도 증거만 없으면 되는 거 아니오. 그 증거를 없애려고 여기까지 데려온 것이올시다. 독이 제대로 듣기만 했어도 이런 귀찮은 일은 안 해도 되었을 거요. 도대체 이게 몇 번째냐 말이지."

중년인이 인상을 썼다.

"지난번 영봉을 두고 하는 말씀인가 본데, 영봉이나 묵룡은 각각의 가문에서 심혈을 기울여 기초부터 닦아 낸 아이들이올시다. 그 정도로 기반이 단단하면 독이 제대로 침투하지 않아 효과가 쉽게 나지 않는단 말이요."

"그럼 애초부터 그렇게 효과가 좋다고 하질 말든가. 이런 것들에게도 통하지 않는데 수두룩한 고수들은 어쩌려고?"

"허어, 어르신의 귀에 들어가면 경을 칠 얘기를…… 이런 것 하나하나가 다 실험 표본으로 쌓여서 효과 개량에 도움이 되는 것이올시다. 우리가 만드는 게 소수의 절독이 아니라 대량 제조를 위한 거라는 걸 잊지 마시오."

"그럼 내가 데려오길 잘했네. 이놈을 살펴보고 표본인지 뭔지 해 보면 되겠군."

"끙. 그렇다 칩시다."

말로는 망료를 이기지 못하겠다 생각한 중년인이 입을 다물었다.

"그나저나 상세는 어떻소이까?"

"어느 정도 해독은 되었고, 제대로 처치만 받으면 큰 부작용 없이 낫긴 할 겁니다."

"부작용이 없으면 안 되는데."

망료가 좀 생각하다가 말했다.

"아무래도 어르신을 좀 만나 뵈어야겠소이다. 이제 슬슬 한 번은 뵐 때가 된 것 같지 않소?"

중년인이 피식하고 웃었다.

"어르신이 만나고 싶다면 아무나 만나 주는 분인줄 아시오? 우리도 만나 뵙기 어려운 분이오. 헛된 소리 하지 마시고 공자와 상의하시오. 이미 독곡의 일로 망 고문을 뵙고 싶은 모양이더이다."

망료는 떫은 감을 씹은 표정을 했다. 독곡의 일 때문이라면 그리 좋은 얘기가 나오진 않을 것이니 말이다. 하나 앞으로 자신에게 필요한 것 때문에라도 만나지 않을 수는 없었다.

강해져야 한다.

지금의 무공으로는 생각한 일들을 만들어 내기 어렵다. 아쉬운 소리를 하더라도 당가의 힘을 빌려 강해져야만 한다.

"알겠소이다. 그러지."

*   *   *

사천은 계절마다 다른 방향에서 불어오는 바람의 영향으로 다양한 기후 변화가 있다. 특히나 연중 맑은 날이 두어 달에 미치지 않을 정도로 해가 짧고 매우 습하다.

때문에 사천인들은 매운 음식으로 습한 기후를 이겨 내는 것으로도 유명한데, 덕분에 사천에 자리한 무인들은 다른 곳보다 유독 성격이 날카롭고 불같은 부분이 있었다.

분지 지형에 사는 이들의 특성상 자립심이 강하고 외부의 세력에 대해 배타적인 면을 가졌다. 죽을지언정 꺾이지 않는다는 것은 사천 무인의 대표적인 성향을 말하는 것이다.

당가와 아미파, 청성파의 세 문파가 그런 무인들이 가득한 사천을 주름잡고 있다는 것은 달리 말하면, 세 문파의 힘과 기세가 얼마나 강력한지를 보이는 일면이기도 하다.

진자강은 가마 안에서 편복에게 사천에 대한 이야기를 들었다.

"오죽하면 청성파는 구대문파 중에서 무림총연맹에 가입하지 않은 유일한 도문(道門)이야."

"네?"

구대문파인데도 무림총연맹에 가입하지 않았다는 것은 실로 놀라운 일이었다.

"그만큼 꼬장꼬장한 도사들이지. 원리 원칙을 따진다…… 그런 얘기보다는, 뭐라고 할까? 남의 간섭을 지독하게 싫어한달까? 아무래도 세력에 가입되어 있으면 하기 싫은 일도 억지로 해야 하는 경우도 생기고 하니까 말야."

"사천 당가와 아미파는 어떻습니까?"

"둘 다 명목상으로는 무림총연맹에 가입되어 있네. 그러나 당가는 독문이라는 독단적인 세력을 구축하고 있고 아미파는 불가의 문파라 사천 밖의 일에 큰 관심이 없네. 물론 그것은 두 문파 역시 다른 이의 간섭을 싫어한다는 뜻이기도 하지."

"아아."

"우리가 사천 대읍에 갈 수 있는 이유도 그런 걸세. 세 문파는 사천에서는 왕이나 다름없지. 그 왕들은 서로 간에 간섭받지 않기를 바라고, 또한 서로의 일에 개입하는 것도 원치 않거든. 대읍은…… 딱 그들의 힘이 전부 미치는 곳일세. 세 왕의 영향력이 모두 겹치는 곳."

진자강이 물었다.

"하지만 정파는 흑도를 매우 싫어하지 않습니까. 세 문파가 힘을 합치는 경우도 당연히 있을 텐데요."

"세 문파뿐 아니라 사천 무인들이 힘을 합치는 경우는 딱 한 가지 경우뿐일세. 외세의 침략이 있을 경우. 그게 마교든 흑도든 혹은……."

편복이 어깨를 으쓱했다.

"무림총연맹이든."

"반드시…… 는 아니겠죠."

"뭐, 그렇지. 세상만사가 다 그렇듯 아주 장담은 할 수 없는 거니까. 언제든 정략적인 거래가 오갈 수 있으니까 말이야. 하지만 그런 경우라 하더라도 무림총연맹의 행사에 직접 개입하진 않고 눈을 감는 정도가 되지 않을까…… 그리 생각한다네. 그러면 우리로서야 최선이지."

편복이 고개를 돌려서 가마 뒤쪽에 가부좌를 틀고 앉은 단령경을 바라보았다.

단령경은 눈을 감고 있었는데 편복과 진자강이 나누는 말을 모두 들었는지 한마디를 보탰다.

"의원 말로는 반년 이상 요양을 해야 한다니, 그동안 답답해도 잘 참고 지내게."

"선랑께서는 산동으로 돌아가십니까요?"

단령경이 빙긋 웃었다.

"그대들에게는 내가 여기 있는 것이 더 좋지 않은 영향을 끼칠 걸세."

그러고 나서 얼마 지나지 않아 앞에서 보고했다.

"곧 청성파의 영역입니다."

단령경의 수하인 대머리 무인의 목소리였다. 놀랍게도 세 사람이 들어앉은 이 거대한 가마는 대머리 무사 둘이 앞뒤로 들고 달리는 것이었다.

이들은 광두(光頭) 형제였는데 형 쪽이 양대, 동생 쪽이 양소였다. 겉으로 봐서는 형과 동생을 분간하기가 어려웠다.

한데 강호에서는 이들을 광두 형제가 아니라 뇌대쌍괴(腦袋雙怪)라고 불렀다. 뇌대라는 것은 뇌가 들어 있는 주머니란 뜻으로 머리통을 얕잡아 부르는 말이다. 머리가 제 용도로 안 쓰이고 뇌를 담는 데에나 쓰인다고 조롱하는 의미였다. 단령경의 명령에만 절대복종하기 때문에 그리 불렀다.

물론 편복에 의하면 그들의 앞에서 함부로 뇌대쌍괴란 말을 나불댔다간 그날 밤 꿈자리가 매우 뒤숭숭해질 거라고 했다.

어쨌든 이들이 대읍으로 가기 위해서는 세 문파 중 하나인 청성파의 영역을 반드시 지나쳐야 했다.

눈을 감고 있던 단령경이 갑자기 눈을 떴고, 동시에 광두 형제가 들고 달리던 가마도 멈췄다.

단령경이 잠시 기다렸다가 말했다.

"계속 가게."

그제야 광두 형제가 다시 달리기 시작했다.

편복은 어리둥절하여 무슨 일인가 했다.

단령경이 이유를 얘기하려 주려는데 진자강이 먼저 말했다.

"누군가 가마를 주시하고 있었습니다."

"응? 그래? 난 아무것도 못 느꼈는데."

편복은 머쓱한 듯 머리를 긁었다.

"그냥 제 감입니다. 마치 누군가 가마 안을 들여다본 것 같은 기분이 들었습니다."

사선을 몇 번이나 지나온 진자강은 고수 못지않게 살기에 민감했다.

단령경이 묘한 눈빛으로 진자강을 쳐다보다가 눈을 감았다.

"그 말이 맞네. 아무래도 청성파가 우리를 궁금해하는 모양이로군. 굳이 나서서 저들을 자극하지 않으면 될 걸세."

단령경이 더 이상의 설명을 하지 않았으므로 곧 편복도 입을 다물었다.

＊　　　＊　　　＊

무거운 가마를 들고도 경공으로 빠르게 달린 덕에 가마는 며칠 만에 대읍에 도착했다.

미리 준비가 되어 있었던 듯 가마는 외곽의 작은 장원으로 들어섰다.

"어서 오십시오. 오시는 길은 불편하지 않으셨습니까?"

편복보다 나이가 더 많아 보이는 노인과 열대여섯 정도 되어 보이는 어린 소녀가 마중을 나왔다.

단령경이 고개를 끄덕여 인사했다.

"오랜만일세, 염노. 그리고 소소."

소녀가 편복을 보고 환하게 웃더니 단령경에게 고개를 꾸벅 숙였다.

노인 염노가 하인들을 부려 안내했다.

"안쪽으로 드시지요."

단령경과 편복은 염노와 볼일이 있는지 안채로 갔고, 환자인 진자강만 혼자 사랑채 쪽으로 옮겨졌다.

며칠을 좁은 가마에서 보낸 터라 온몸이 쑤셨다. 사실 제대로 앉지도 못할 지경이었다.

진자강은 침상에 누워 쉬며 잠을 청했다.

한데 막 잠이 들려는 찰나 조용히 방문이 열렸다.

소소가 약물이 담긴 대야와 흰 광목천을 들고 들어왔다.

"제가 할 수 있습니다."

진자강이 깨어나서 일어나 앉으려 하자 소소가 말없이 진자강을 만류했다. 그러더니 더러워진 붕대를 벗기는 것이었다.

진자강은 창피해서 얼굴이 달아올랐다. 그러나 부끄러워할 만큼 멀쩡하지도 아니었다. 곳곳의 핏줄이 터져 딱지가 앉았고 화상 때문에 허물이 다 벗겨지고 짓물러서 고름이 맺혀 있어 징그럽기 이를 데 없었다.

검기로 인해 갈라진 가슴의 상처는 여전히 쩍 벌어진 채 속살이 그대로 보였다.

그런데 그 끔찍한 광경을 보면서도 소소는 표정 하나 변하지 않았다. 많이 아프겠다는 표정이었지 거북하다거나 꺼려 하는 느낌이 조금도 없었다.

손길은 섬세했고 조심스러웠다. 진자강은 부끄러웠지만

소녀의 손길에 몸을 맡길 수밖에 없었다.

　소소는 더러워진 붕대와 고약을 떼어 내고, 눌어붙은 머리카락을 잘라 주기까지 했다. 그런 후 약물로 몸을 닦고 깨끗한 광목천으로 발끝부터 머리까지 감싸 주었다.

　굉장히 오랜 시간에 걸쳐 진자강을 보살핀 소소는 더러워진 붕대를 대야에 담고 일어났다.

　"저……."

　진자강이 부르자 소소가 나가려다가 돌아보았다.

　"고맙습니다."

　소소는 대답 없이 웃으면서 살짝 고개를 끄덕이고는 방을 나갔다.

　진자강은 이상한 기분이 들었다.

　　　　　*　　　*　　　*

　이곳 장원에서 진자강이 할 일은 거의 없었다.

　먹고 자고 휴식을 취했다. 소소는 매일 밥을 가져다주고 진자강의 붕대를 갈아 주며 극진하게 진자강을 돌봐 주었다. 누가 봐도 지극정성이라 할 정도였다.

　덕분에 진자강은 날이 갈수록 점점 상세가 좋아졌다. 날이 좋으면 방을 나와 후원을 조금씩 산책하기도 했다.

그런데 한 가지 이상한 점이 있었다.

소소와 단 한마디도 나누지 못한 것이다.

"말을 못해."

"네?"

편복은 방 밖으로 나와 디딤돌에 걸터앉은 채, 장죽(長竹)에 말린 연초 잎사귀를 꾹꾹 밀어 넣고 불을 피웠다. 그때 생각을 하니 기분이 편치 않은지 장죽을 길게 한 모금 빨아들이고 툭툭 털면서 말했다.

"소소는 귀주 약문 출신인데 여기 온 지 한 팔 년 됐나? 부잣집에 하녀로 팔려 간 걸 내가 찾아서 데려왔지."

"그랬군요."

"선천적인 건 아냐."

편복이 입을 벌려서 자신의 입 안을 가리켰다.

"잘렸어. 여기가."

편복은 한숨을 쉬더니 다시 장죽을 입에 물었다.

"살려 주는 대가로 말을 못 하게 혀를 잘라 버렸다더군. 살아난 걸 다행이라고 한다면 그럴 수 있겠지만, 저 어린 것이 무슨 잘못이 있다고. 에잉."

그러고 보니……

진자강은 예전에 들었던 얘기가 떠올랐다. 독곡의 왕이

생이란 자가 진자강이 약문에서 왔다 했더니 중원의 약문에서 왔냐고 되물었던 기억이 났다.

"중원의 약문에 무슨 일이 있었던 겁니까?"

"독문과 약문은 원래부터 사이가 좋지 않았다네. 운남은 모르겠지만 강호에서는 늘 크고 작은 싸움이 있었지. 그러다가 십 년 전쯤, 매우 큰 사건이 있었어."

"사건이라니요?"

"약문이 독문을 공격했어."

"예?"

진자강은 크게 놀랐다. 자기가 잘못 들은 줄 알았다.

운남에서 일어난 일과 정반대였다고?

"그것도 선제적인 기습을 시도해서 독문이 굉장한 곤경에 처했지. 물론 독문이 반격을 시도함으로써 싸움에 참가했던 대부분의 약문은 궤멸하고 남은 약문은 독문에 병합되거나 와해됐다네."

편복이 장죽을 털었다.

"약문이 실패했던 이유는 사천 당가를 고려하지 않았기 때문이란 설이 가장 유력하게 꼽히고 있어. 사천 당가의 저력은 어마어마하지. 공격당하는 와중에도 독문 연합을 구성해 조직적으로 약문을 쳐 나갔다네."

진자강은 당혹스러웠다.

이제껏 가해자는 독문이고 약문이 피해자라 생각했다. 그런데 사실은 그 반대였다니?

아니, 어쩌면 중요한 것은 싸운 이유일지도 모른다. 독문에서 약문을 계속 자극했을 수도 있지 않은가.

"싸운 이유는 무엇이었습니까?"

"약문은 독문이 금지된 독을 제조했다는 걸 명분으로 세웠고, 독문이야 자기들이 먼저 공격당했다고 하지. 하지만 늘 통상적인 다툼을 해 왔기 때문에 감정적인 부분이 누적되어 터진 게 아닌가…… 추측하고 있다네."

진자강은 가슴이 두근거렸다.

우리도…… 어쩔 수 없었으니까…….

철산문의 강규가 죽어 가며 한 말이었다. 그래서 죄 없는 사람들을 고문하고 죽였느냐는 진자강의 말에 강규는 비웃음을 남기고 죽었다.

"이후에 독문은 무림총연맹에 가입했고, 약문은 호소할 데 없이 망해 버렸지. 누구도 약문의 편을 들어 무림총연맹에 밉보이고 싶진 않았으니까."

이제껏 믿어 왔던 세상이 사실은 다른 이면의 진실을 갖고 있었다는 걸 알게 되었을 때의 충격.

그 파장은 진자강에게 결코 만만치 않았다.

"저는 늘 약문이 피해자라 생각했습니다. 그래서 복수를 하는 데에 한 번도 망설이지 않았습니다. 그런데⋯⋯."

오죽하면 목소리 끝이 떨렸다.

"죄책감 가질 것 없어. 내가 자네 입장이었어도 마찬가지였을 거야."

"제가⋯⋯ 잘하고 있는지 모르겠습니다."

"이봐이봐, 내가 말했지. 세상은 원인과 결과, 네 편과 내 편을 딱 잘라서 나눌 수 있을 정도로 그렇게 간단하지 않아. 독문도 독문 나름이고 약문도 약문마다 다 다르다고. 그리고 그건 중원에서 벌어진 일이지 자네가 있던 운남과는 사정이 달라. 중요한 것은 앞으로 자네가 올바른 기준을 세워 판단하는 것이야."

진자강은 아직 제대로 쥐어지지 않는 주먹을 꽉 쥐었다. 허물이 벗겨진 살이 당겨지며 찢겨 피가 배는 느낌이 들었다.

머리가 멍하고 여전히 아무런 생각이 들지 않았다. 머리에 안개가 가득해진 기분이었다.

때마침 빨래를 하고 돌아오는 소소를 향해 편복이 웃으면서 손을 흔들었다. 소소가 꾸벅 고개를 숙여 인사를 하고 갔다. 곧 점심시간이라 밥을 지으러 부엌으로 가는 모양이었다.

"하지만 정 자네가 껄끄럽다면, 잠시 복수를 멈추고 그

안에 무슨 일이 있었는지 그걸 먼저 알아보는 게 우선될 수
도 있겠지."

진자강은 편복의 말을 들으며 소소의 뒷모습을 보았다.

혀를 잘려 말을 하지 못하는 소소를 보면 도무지 약문이
잘못했다는 생각이 들지 않았다. 당연히 독문이 악한 쪽이
지 않겠느냐는 생각이 든다.

그러나 사실을 알고 보면, 그건 약문이 스스로 야기한 결
과일 수도 있는 것이다.

부엌으로 들어가는 밝은 모습의 소소를 보며 진자강은
계속 혼란스러웠다.

* * *

어느 쪽이 옳고 그른 것일까.

이제는 망료마저 피해자일 수 있다는 생각이 들자 진자
강은 헛웃음이 났다.

그러나 입으론 웃어도 마음은 괴로웠다.

약문이 먼저 독문을 공격했다면, 독문의 반격은 정당하
다. 그럼 그 독문에 대해 자신이 복수하는 게 옳은 일인가?

하면 이후에 독문의 생존자들이 —이를테면 망료가— 다
시 자신에게 복수하려 하는 것 역시 정당한 일이 아닌가.

이것은 너무 원론적인 얘기였지만, 진자강으로서는 반드시 생각하고 넘어가지 않을 수 없는 일이었다.

'아무래도 이곳에 더 머물지 않는 게 좋겠다.'

약문이 독문을 선제공격했다는 게 사실이라면, 그래서 사람들이 오히려 독문을 정파로 인식하고 있다면 진자강은 더 이상 사파에 몸을 의탁하고 있어선 안 되었다.

하다못해 자신의 어미와 외조부, 그리고 백화절곡의 식솔들을 위한 복수는 정의로워야 했다. 남들이 보기에 결코 사파의 행동으로 보여져선 안 된다. 이미 지금도 진자강은 사파의 고수로 인식되고 있지 않은가.

'더 이상 신세를 지지 말고 몸이 낫는 대로 떠나자.'

진자강은 몸을 최대한 빨리 회복하는 데에 집중하기로 했다.

헛되이 보내는 시간 없이 누워서 약문의 자가 치유능력이 있는 운기조식법을 행했다. 실수로 광혈천공이 사용되지 않도록 최대한 느리고 미약하게, 지속적으로 내공을 보내 상처에 활력을 불어 넣었다.

종종 실패해서 광혈천공이 절로 발동하기도 했으나 실망하지 않고 꾸준히 운기조식을 시도했다. 지금이 아니면 또 언제 마음 편히 이런 수련을 하게 될 수 있을지 알 수 없는 일이었다.

편복은 종종 놀러 왔으나 진자강이 상대해 주지 않자 심심해서 다시 돌아갔다.

소소가 여느 때처럼 붕대를 갈고 약물로 몸을 닦아주기 위해 들어왔다.

하지만 진자강은 소소가 껄끄러워져서 더 이상 소소의 보살핌을 받을 수가 없었다.

"오늘부터는 제가 할 테니 붕대만 가져다주시면 됩니다."

소소가 왜 그러냐는 듯 진자강을 눕히려 했지만, 진자강은 소소의 손목을 잡고 거부했다. 소소는 당황해서 입을 벌리고 뭐라 하려다가 입을 다물었다.

소소는 이유를 알 수 없어 불안해하는 표정으로 진자강을 보다가 방을 나갔다.

얼마 뒤, 단령경이 진자강을 만나러 왔다.

"그래. 생각은 해 보았는가?"

진자강은 간결하지만 확실하게 자신의 생각을 전했다.

"저의 길을 가겠습니다."

가타부타 변명을 붙이지 않는다는 건 생각이 확고해졌다는 뜻이다.

단령경은 살짝 아쉬워했으나 진자강의 생각을 존중했다.

"생각이 정해진 모양이군. 조세(早歲)의 치기라 치부하기에는 아무래도 그간 겪은 일이 많지. 하나 그것이 지천명(知天命)이라 생각지는 마시게."

조세는 어린 나이, 스무 살 약관의 나이를 말하고 지천명은 하늘의 뜻을 안다는 뜻으로 나이 쉰을 일컫는다. 진자강의 생각이 치기 어리다 하지 않겠으나 그것이 꼭 정답임은 아님을 비유적으로 말한 것이다.

"진리상은 팔고불진."

단령경의 던진 화두에 진자강이 말을 이었다.

"진실의 일부는 종종 숨어 있으며 네가 겪은 것들이 진실의 전부는 아니다. 일전에 하신 말씀이지요."

"그렇다네. 그것은 지천명을 바라보는 내게도 아직까지 유효하며, 망백을 바라보고 상수가 되는 나이가 된다 하여도 결코 변하지 않는 말이라네. 강호는 늘 진실을 숨기려 들고, 우리는 금분세수의 날까지 여전히 강호의 밥을 먹고 살아가야 하는 존재일세."

단령경이 빙긋 웃었다.

"그러니까 어쩌면 이 험난한 강호…… 이리저리 복잡한 생각 없이 칼 하나에 의지해 살아간다는 것도 현명한 한 가지의 방법이 될 수 있을 것이네."

"조언 감사합니다. 새겨듣겠습니다."

단령경은 도움을 주겠다거나 하는 말도 하지 않았다. 그럴 필요가 없었다. 진자강은 더 이상 사파의 도움을 받지 않겠다고 확실히 자신의 의견을 피력하였으니까.

얘기를 들었는지 편복이 찾아와 수다를 떨어 댔다.

"실망이야, 실망…… 결국 흑도는 흑도다. 구정물에서 같이 어울릴 수 없다 이거지?"

"제게 스스로 판단할 기준을 세워 보라고 하지 않으셨습니까."

"그랬지."

"이제부터 알아 가려 합니다."

"그게 그 얘기지 뭐. 너그들하고는 못 놀겠다 뭐 그런 거 아냐."

편복이 구시렁구시렁거렸다.

"잘 모르겠습니다. 어떻게 행동해야 할지. 제가 가는 길이 맞을지. 그러나 제 복수에 편견을 덧붙이고 싶지 않습니다."

"선랑께서는 그렇게 속아 주실지 몰라도 내 눈은 못 속여. 날 봐."

편복은 진자강을 째릿하게 쳐다보더니 물었다.

"자네 눈빛이 달라진 게 약문이 독문을 먼저 공격했다는 얘길 듣고 나서부터야. 그러더니 소소 보기를 불편해하기 시작했어. 내 말이 틀려?"

진자강은 부인할 수 없었다.

"맞습니다."

"허어."

편복이 한탄했다.

"바보 같은 생각 하지 말게. 설사 약문이 가해자이고 악당이라 한들 저 아이가 나쁜 건 아니지 않은가."

"하지만 소소를 어떻게 봐야 할지 잘 모르겠습니다. 소소를 볼 때마다 자꾸만 괴롭습니다. 나의 복수가 정당한 것인지 판단하기가 어려워집니다."

편복은 잠시 말을 잇지 못했다.

진자강이 얼마나 끔찍하고 지난한 일들을 겪으며 여기까지 왔는지 어느 정도 알게 된 터다.

오직 독문이 악이라고 생각하며 버텨 왔는데 그 생각을 송두리째 뒤집어야 함을 알게 되었으니, 충격이 오죽하랴.

소소를 볼 때마다 지난 일들이 계속해서 생각나고 백화절곡의 식구들이 죽어 가던 모습이 떠오를 것이다.

"이해 못 하는 바는 아니네. 하지만······."

"소소는······ 제게 너무 잘해 줍니다. 제가 그런 헌신을 받으면서 중립적으로 사심 없이 제 뜻을 세우고, 편견 없이 세상을 보게 될 수 있을지 두렵습니다."

그때 밖에서 쨍그랑 소리가 났다.

편복이 나가 보니 소소가 문밖에 서 있고 발아래에는 깨진 찻주전자와 찻잔이 떨어져 있었다.

아마도 차를 가져오려다가 밖에서 얘기를 듣고 충격을 받은 모양이었다.

소소는 안절부절못하다가 황급히 깨진 조각들을 치우고 가 버렸다.

편복은 진자강을 쳐다보았다.

"이봐. 소소는 자네가 같은 약문의 출신이라는 걸 들었네. 그러니 자네가 자신과 같은 신세라는 걸 알고 있지. 그래서 잘해 주는 거라고. 거기에 도대체 어떤 의미가 더 필요하지?"

진자강은 대답을 하지 못했다. 더욱더 혼란스러워질 뿐이었다.

편복이 안타까운 얼굴로 혀를 찼다.

"쯧쯧. 이 망할 놈의 혼탁한 세상…… 심지를 굳게 세우는 게 이리도 어려운 일인가."

*　　　*　　　*

그날 저녁, 붕대와 약물을 가져다주면서 소소는 진자강과 눈을 마주치지 않았다.

"미안합니다."

진자강의 말에 소소는 잠깐 멈칫했다.

소소는 망설이다가 고개를 들어서 진자강을 똑바로 쳐다보았다. 이렇게 온전히 눈을 마주 본 것은 처음이었다.

"아으……."

소소는 말을 하려다가 신음 소리와 같은 소리를 내뱉고는 다시 입을 다물었다.

그 상태로 계속 진자강을 보기만 했다. 무슨 말을 하고 싶어 하는 것 같긴 했으나 뭔지 알 수가 없었다.

진자강이 생각 끝에 물었다.

"혹시 내 상처가 어떻게 난 건지 물어보고 싶습니까?"

소소가 고개를 저어서 아니라고 표시했다.

"귀주 약문과 운남 약문이 아는 사이였습니까?"

도리도리.

진자강이 다시 생각했다.

"이제 수발을 들어 주지 않겠다는 뜻입니까?"

소소가 웃으면서 또 고개를 저었다. 어쨌든 웃고 있으니까 나쁜 뜻은 아닐 것이다.

"편복 아저씨가 한 말이 틀렸다는 겁니까?"

"선랑과 관계된 얘기를 하고 싶습니까?"

전부 다 고개를 저었나.

이제는 재밌다는 듯이 눈을 빛내면서 생글생글 웃는다.

하지만 당하고 있는 진자강은 땀이 날 지경이다. 이렇게 오래 똑바로 누군가의 눈을 오래도록 본 적이 없었다. 그것도 여자아이는 더 그렇다.

악의 없이 선의로 가득한 눈을 보고 있으니 진자강은 기분이 이상해졌다.

하지만 오기도 생겼다.

무슨 말을 하려 하는지 알아내고야 말겠다는 오기다. 글로 쓰면 편할 텐데 굳이 저러고 있으니 얄밉기도 하다.

"오늘 저녁밥에 대해서 말하려고요?"

"아니면, 제가 예전에 어떻게 살았는지 알길 원합니까?"

"귀주 약문에 대해서 물어봐 줬으면 좋겠습니까?"

귀주 약문을 거론했을 땐 다소 슬픈 눈빛을 하긴 했으나 금세 방글거리고 웃었다.

거의 반 시긴가량을 수수께끼처럼 질문한 진자강이었다. 소소와 접점이 거의 없기 때문에 질문도 결국 한계가 있었다.

"하······."

진자강은 결국 손을 들었다. 수십 가지의 질문을 했지만 단 하나도 맞추지 못했다.

"정말 모르겠군요. 내가 졌습니다. 됐습니까?"

하지만 또다시 고개를 젓는 소소다.

"도대체 뭡니까? 낮에 내가 함부로 말을 해서 화가 난 겁니까?"

소소는 그 말에는 더 세게 고개를 저었다.

"일부러 장난을 치는 것도 아니고 나를 곯리려는 것도 아니고 이제 그만했으면 좋겠군요."

소소는 실망한 것 같은 표정을 지었다. 진자강은 인내심이 강한 편이었으나 막무가내의 선의에는 당할 재간이 없었다.

"그만. 그만하죠. 도저히 모르겠네."

그러자 갑자기 소소가 고개를 막 끄덕였다.

"어? 그만하자고?"

도리도리.

"그럼……."

진자강은 혹시나 싶었다.

"내 말투?"

소소가 더 빠르게 고개를 끄덕였다.

"말투를 바꿔 달라고? 존댓말을 하지 말라?"

소소가 환하게 웃었다.

진자강은 맥이 탁 풀렸다. 반 시진이 넘도록 씨름을 해서 알아낸 게 겨우 존댓말을 하지 말라는 기였다ㅣ.

그러나 거기서 끝이 아니었다. 소소는 손가락으로 진자강과 자신의 가슴을 번갈아 가리켰다.

"아으으……."

"그건……."

이번엔 더 난해했다. 존댓말도 아니었나? 아니면 존댓말과 관련된 게 뭐가 있지?

소소가 진자강에게 손짓, 발짓을 했다. 그러다가 더는 안 되겠는지 진자강의 손을 잡고 자신의 머리 위에 올려놓았다. 그러곤 진자강의 손으로 자기 머리를 쓰다듬게 했다.

진자강은 뭔가 떠오른 게 있어서 소소가 했던 것처럼 자기와 소소를 번갈아 가리켰다.

"오빠…… 동생?"

이번에야말로 제대로 맞춘 모양이었다.

끄덕끄덕!

"하지만……."

어떻게 자신에게 이렇게 가까이 다가설 수 있는지 진자강은 의아해했다. 자신의 몸이 얼마나 엉망이 되었는지도 보았다. 그런 몸을 본 사람이면 징그러워서라도 가까이하기 힘들 것이다.

"내 상처가 징그럽지 않습니까?"

소소가 도리도리 고개를 저었다. 소소의 눈빛에서 진자

강은 묘한 동질감을 느꼈다.

소소 역시 자신과 마찬가지로 험난한 역경을 지나왔던 것이다.

귀주 약문도 운남 약문과 마찬가지로 험한 꼴을 당했고 그 가운데에 소소 역시 온갖 끔찍한 광경을 다 보았을 터였다.

때문에 아무렇지 않게 자신의 상처를 닦아 줄 수 있었다는 걸, 진자강은 느낄 수 있었다.

그건 자기가 익숙하게 보아 왔던 광경이니까.

그러니까 약문 출신이라서 진자강을 돌봐 준다는 편복의 말은 반은 맞고 반은 틀렸다.

소소는 지독한 꼴로 찾아온 진자강을 보면서 귀주 약문에서 겪은 일을 떠올렸다. 그리고 온갖 고문과 살육으로 처참하게 당한 귀주 약문의 사람들과 진자강을 동일시해서 보았다.

하지만 괴롭다고 피하는 게 아니라, 오히려 진자강을 보살피는 과정을 통해 과거에 자신이 해야 했으나 못했던 일을 하고 있는 셈이었다.

그래서 언뜻 이해하기 힘들 정도로 성심성의껏 진자강을 돌봐 줄 수 있었던 것이다. 자신의 가족과 문파 식구들에게 하듯이…….

그게 과거를 극복하기 위한 소소만의 방식이었다.

진자강은 그것을 깨닫곤 가슴이 아팠다.

할 수만 있다면 이 어린 소녀의 기억 속 어딘가에 남아 있는 끔찍한 일들을 지워 주고 싶기도 했다.

아니, 하지만 사실 진자강이 그럴 필요가 없었다. 어찌 보면 소소가 진자강보다도 나은 셈이었다.

진자강은 잠시 말을 않고 생각했다.

사실은 곧 떠날 생각을 하고 있었다.

오빠 동생이라고 부르면서 친해질 만큼의 새로운 관계를 갖는 것에 대한 부담도 컸고 유지할 시간도 부족했다.

그러나 거절당할까 두려워하며 동시에 기대하는 눈망울로 쳐다보는 소소의 표정을 보니 차마 거절의 말을 내뱉을 수가 없었다.

진자강은 잘 떨어지지 않는 입을 열어서 말했다.

"알았어, 소…… 소. 이렇게 말하면 되는 거지?"

소소는 매우 만족한 표정을 지었다.

좋아하는 소소를 보며 진자강은 복잡한 감정에 휩싸였다.

이렇게 사소한 일로도 사람은 좋아하고 기뻐할 수 있구나 하는 생각이 들었고, 동시에 약간의 막막한 감정도 들었다.

이 작은 소녀의 마음조차 헤아리고 알아채지 못하면서 과연 이 복잡한 강호에서 자신만의 길, 진실을 찾아낼 수 있을까 하는 생각이 들었던 것이다.

* * *

안가에 온 지 열흘이 넘었다.

진자강은 편복에게 슬슬 떠나겠다는 뜻을 밝혔다. 편복 은 당연히 말도 안 된다고 반박했다.

"아니, 무슨 소리를 하는 게야? 의원 말로는 반년은 지 나야 일상생활을 할 수 있을 거라던데? 자네 마음은 알겠 지만 일단 치료부터 전념하게. 뭘 하든 그다음에 생각해도 늦지 않아. 자네에겐 시간이 많……."

살수의 수법인 광혈천공을 익힌 진자강의 몸 상태는 그 리 좋은 편이 아니다. 광혈천공을 사용하면 할수록 점점 더 수명은 줄어들 것이다.

그러니 진자강에게 시간이 많다는 말은 어울리지 않는 다. 물론 그렇다고 다 낫지도 않은 상태에서 움직이면 더욱 악화될 것이다.

"흠흠. 아무튼 뭐. 나는 반대일세. 그렇게 온몸에 붕대를 친진 삼고 돌아다니면 남들의 눈에도 띄기 십상이고."

옆에서 소소도 고개를 끄덕이면서 편복의 의견에 동조했다.

그러자 진자강이 붕대를 풀기 시작했다.

최근에는 진자강이 혼자서 붕대를 갈았으므로 편복이나 소소도 진자강의 상태를 본 적이 없다. 예전처럼 피나 진물이 많이 배이지 않아 좋아지고 있나 생각했을 뿐이다.

하지만 진자강이 얼굴의 붕대를 풀었을 때, 편복과 소소는 입을 다물지 못했다.

"어? 어어…… 음."

진자강이 상체의 붕대도 풀었을 때, 편복과 소소의 놀람은 더 심해졌다.

진자강의 얼굴을 포함한 우반신 쪽, 실핏줄이 터졌던 상처는 이미 다 나은 지 오래고 불에 데어 허물이 벗겨졌던 곳까지 아물어 있었다. 상처가 있었다는 흔적을 알려 주는 붉은 반점만이 곳곳에 물들어 있을 따름이다.

"어이…… 이게 무슨……."

화상으로 잘못된 일그러진 흉터가 하나도 없었다. 녹았던 살이 깨끗하게 재생되어 있었다. 언제 그랬냐는 듯 상처에는 불그스름한 흔적들과 약간의 부스럼만 남아 있었다. 부스럼도 진자강이 손으로 문지르자 금세 떨어져 나갔다.

"그렇게 심한 불 속에서 뒹굴었는데 겨우 이 정도라고?"

올 때만 해도 전신에 진물이 흘렀다. 그런데 완전히 아문 부분을 보면 지금은 심지어 살갗에 윤기까지 흐르는 것이다!

아니, 오히려 새살이 돋아나면서 훨씬 투명해져서 예전에 편복이 만났던 때보다 훨씬 더 매끈해졌다.

다만 검기로 베인 가슴의 상처만큼은 여전히 다 붙지 않았다. 핏기가 보였다. 딱지가 반쯤 붙어서 덜렁거리는 걸 보면 딱지가 앉았다가도 상처가 다시 벌어진 그런 느낌이었다.

"검기는 정말 무섭군요. 낫는 데 시간이 좀 걸릴 것 같습니다."

진자강이 가슴의 상처를 손으로 누르며 말했다.

"가슴은 붕대로 감아 옷으로 가리면 보이지 않을 겁니다."

진자강은 머리에 두건을 둘러보았다. 짧은 머리카락을 감추고 나니 얼굴에 붉은 반점 말고는 크게 이상한 점이 없어 보였다.

"아…… 아으."

진자강을 보는 소소의 뺨이 빨개졌다.

흉한 상처가 사라진 진자강의 얼굴은 고생을 모르고 자란 귀공자 같았다. 남자에게 어울리지 않겠지만, 예쁘다는 생각이 들 정도였다.

편복이 말을 하려다가 소소와 진자강을 번갈아 보았다. 그러더니 한마디를 했다.

"남들의 눈에 띌 것 같은데?"

"이 정도로 안 되겠습니까?"

"남자들은 모르겠고 소저들의 눈에 잘 띄겠어."

"네?"

편복이 소소를 턱수염 끝으로 가리켰다.

소소의 얼굴이 더 빨개졌다. 소소는 얼굴을 감싸 쥐고 밖으로 뛰쳐나갔다.

진자강이 무슨 말을 해야 할지 몰라 가만히 있자 편복이 어깨를 으쓱했다.

"적어도 자네가 가고 나면 슬퍼할 사람이 한 명은 생기겠구먼. 말해 두지만 난 아냐. 난 요즘도 물 한 잔 편히 못마신다고."

*   *   *

진자강은 이제 일상에 거의 무리 없이 움직일 수 있게 되었다.

하지만 진자강은 곧바로 떠날 수가 없었다.

소소가 진자강을 한사코 붙들어서다.

소소는 손짓, 발짓으로 며칠만 더 있어 달라고 부탁했다. 그것은 거의 애원하는 수준이었다.

"자네를 위해 뭔가를 해 주고 싶은가 봐."

편복은 알고 있는 듯했지만 말해 주지 않았다. 진자강도 얼마 전부터 소소가 뭔가를 하고 있다는 사실을 어느 정도 눈치는 챘다.

그래서 진자강은 조금만 더 머물기로 했다.

움직일 만해졌는데 가만히 있는 것은 진자강의 성격이 아니었다. 하나 함부로 멀리까지 나가서 사람들의 눈에 띌 순 없었으므로, 진자강은 안가의 바로 뒤쪽에 있는 산을 올랐다.

진자강에게 필요한 건 대부분 자연 속에 다 있었다.

겨우살이, 때죽나무, 협죽도…….

모든 식물은 크든 작든 독을 갖고 있다. 어떤 식물은 뿌리 한 줄기로 사람 한 명을 죽일 독을 갖고 있기도 하고, 또 어떤 식물은 겨우 간지럼 정도만 일으킬 정도의 독을 갖고 있기도 하다.

그러나 어느 쪽이든 그 독기의 농도가 진해지면 얘기가 달라진다.

진자강은 이제껏 독이 든 식물을 씹고 먹어서 독기만을 뽑아내어 단전에 농축시키는 방법을 썼다. 이렇게 진자강이 만드는 독은 엄청나게 진한 농도를 갖고 있다. 거의 순독(純毒) 그 자체에 가깝다.

당연하게도 대부분의 독문에서 인위적인 방식으로 독기를 추출하는 방법보다 훨씬 더 강력한 효과를 발휘한다.

다만 그러기 위해서는 어쨌거나 충분한 양의 독초를 섭취해야 한다는 단점이 있었다. 배도 부르고 턱도 아프다.

"흠……."

진자강은 황량한 산을 둘러보았다.

이미 겨울이 다가왔다. 대부분의 풀들은 형태를 알아보기 힘들 정도로 말라비틀어져 있거나 흙 속에 뿌리만이 남아 있다.

"꽃과 열매에서 독을 얻는 건 포기해야겠군."

진자강은 산을 돌아다니면서 곳곳에 흙을 캐서 뿌리를 확인했다.

제대로 효과를 내려면 최대한 같은 종류의 독초를 섭취하는 것이 좋다.

그러다가 여로(藜蘆)의 군락지를 발견했다.

"여로……."

진자강은 여로 한 뿌리를 캐냈다. 건조한 겨울 날씨 덕에 여로는 다소 말라 있었다.

여로의 흙을 털어서 씹었다. 맵고 썼다. 이런 경우 독성이 냉한 성질인 경우가 많다.

여로는 구토 및 무력감, 발한과 의식저하 등의 부작용을 일으키는데 양을 적당히 조절하면 폐병이나 발작 증세에 큰 치료 효과가 있었다.

한데 먹고 나서 한참을 있어도 별다른 반응이 없었다.

조금 속이 불편해지긴 했으나 해충을 쫓기 위한 살충제로도 쓰이는 여로의 독성을 생각하면 이것은 다소 이상한 일이다. 심지어 독의 발현이 빠른 진자강의 체질을 생각하면 이렇게 반응이 없다는 건 희한한 일이다.

진자강은 왜 그럴까 생각하며 여로 몇 뿌리를 더 캐 먹었다. 냉한 성질에 몸이 차가워져야 할 텐데 오히려 후끈 열이 났다.

"아."

한참을 생각하고서야 진자강은 왜 그런지 이유가 떠올랐다.

여로를 약으로 쓸 때 고려할 부분이 있었다.

파 뿌리를 닮은 여로는 전호(前胡) 나물과 웅황(雄黃), 양파, 돼지기름에 해독된다.

오래전 진자강이 사용했던 곤륜황석유는 석웅황이 많이

포함되어 있었다. 그때 흡수한 석웅황의 기운이 지금 진자 강의 체질 토대가 되었다. 피부가 재생되고 상처가 빨리 낫는 것도 그 덕이다.

때문에 여로를 씹고 소화시키는 도중에 체내에서 절로 중화, 해독되어 버리는 것이다.

"곤란한걸."

이러면 여로를 아무리 먹어도 단전에 여로독을 쌓기가 쉽지 않다.

그러나 겨울에 여로만 한 독을 찾기도 어려운 노릇.

진자강은 여로 뿌리를 캐내면서 방법을 생각해 보았다.

*　　　*　　　*

진자강은 남는 시간을 최대한 활용했다.

오전 중엔 일찍 여로 뿌리를 캐러 다니고 오후에는 편복에게 부탁해 약술과 인체에 대해 배웠다.

"이제 와서 흑도의 의술이 배우고 싶은가? 흥. 이거 흑도의 의술이라 정파의 의술하고는 좀 다를 텐데?"

편복은 진자강에게 핀잔을 주면서도 자신이 가르쳐 줄 수 있는 건 다 가르쳐 주었다.

원래 진자강은 갱도에서 약문의 고급 진전을 전수받았

다. 하여 상승의 약술 이론들은 알고 있었으나 기초는 매우 부족했다.

덕분에 진자강은 이 기회에 인체의 혈도에 대해서도 제대로 배울 수 있게 되었다.

약문의 비전 수법으로 점혈하는 데에 필요한 혈도는 알고 있었으나 정작 전체 혈도와 흐름에 대해서는 잘 몰랐다. 그런 상태에서 자신의 우반신 혈도를 뚫은 것도 기적이었다.

가르치는 종종 편복은 황당해했다.

"아니, 어려운 건 알면서 이걸 몰라?"

"하하."

그때마다 진자강은 웃음으로 때울 수밖에 없었다.

편복의 장기는 약을 조제하는 연단술이었다. 편복은 연단술에 대해서만큼은 열성적으로 가르쳐 주었다.

물론 기본부터.

연단술 중 내단은 몸 내부에 단전을 만드는 것이며 외단은 초목과 광물을 연단하여 인위적으로 섭취하는 것이었다. 어떻게 보면 진자강은 이제까지 초보적인 외단을 실천하고 있는 셈이었다.

기본을 알기 시작하니 진자강의 배움 속도는 굉장히 빨라졌다. 막연히게 알던 이론들을 제대로 머릿속에서 구성

할 수 있었다. 전수받긴 하였으나 이해하지 못하고 있던 약문의 비전 연단법도 실제로 할 수 있게 되었다.

하루가 지날 때마다 거의 몇 달을 배운 사람만큼의 진도를 냈다.

편복이 진자강을 제자로 거두고 싶다는 생각을 할 정도였다.

물론 실제로 그러기에는 여러 가지 제약이 있었다.

진자강은 편복이 제자로 거두기에 너무 큰 존재였다.

매일 산을 타며 여로를 캐러 다니다 보니 어느샌가 은근슬쩍 소소가 따라붙었다. 소소는 진자강이 여로 뿌리를 캐는 일을 도와주었다.

진자강은 독술에 능하지, 땅속에 파묻힌 여로 뿌리를 찾아내는 능력은 없었다. 소소가 거들자 여로 뿌리를 찾아 캐내는 작업은 순식간에 배로 빨라졌다.

진자강도 말이 많은 편은 아니고 소소는 말을 하지 못했다.

때문에 같이 여로를 캐면서도 대화는 거의 없는 편이었다.

그래도 소소는 개의치 않았고, 진자강도 큰 부담을 느끼지 않았다.

허리를 굽히고 여로 뿌리를 캐다가 고개를 들어 보면 땀에 젖은 얼굴로 자신을 바라보는 소소와 눈이 마주쳤다. 그것은 매우 조용하고 평온한 일상의 느낌이었다.

욱씬.

진자강은 언젠가 느꼈던 감정을 느끼자 가슴 한편이 아릿해졌다.

최대한 멀리하려고 했던, 다시는 없을 줄 알았던 일상의 소중함이 진자강을 흔들었다.

진자강은 크게 심호흡을 했다. 자신의 처지를 되새기기 위함이었다.

지금 진자강이 마주친 상황은 이전보다 훨씬 복잡해졌고 그만큼 복수는 더더욱 어려워져 있었다.

포기하고 싶은 유혹은 지금 이 순간에도 있었다.

하지만 진자강은 나아가야 했다.

설사 복수를 끝마치지 못하더라도 진자강이 죽을 곳은 여기가 아니었다.

피 칠갑이 된 고통스러운 혈로(血路)의 위.

혹은 그 끝.

그곳이 진자강이 마침내 숨을 거두고 무릎을 꿇을 장소인 것이다.

진자강은 다른 생각을 하지 않기 위해 여로 뿌리를 한가득 입에 넣고 씹었다.

최근 편복에게 연단술과 혈도를 배우면서 떠올린 방법이 있었다.

여로의 뿌리뿐 아니라 독초를 입으로 섭취해서 위장 내에서 독기를 흡수하면 그 과정에서 독기의 소실이 생긴다. 심지어 여로는 중화되어 버리기까지 한다.

하지만 위장이 아닌 입 안의 기혈로 직접 독기를 받아들인다면?

독기의 소실도 막고 배부름까지도 막을 수 있다. 턱이 덜 아프게 되는 건 부가적인 이득이다.

진자강은 여로 뿌리를 잔뜩 씹어서 침과 독기를 입안에 머금었다. 그러곤 혀끝을 말아서 입천장에 붙였다.

이렇게 하면 혀 아래에 현응혈이 열리며 천지혈과 연결되고 임맥이 통한다. 현응혈로 독기를 받아 임맥을 통해 단전까지 직접 독기를 보낼 예정이다.

처음이라 쉽지는 않았다. 진자강은 입을 약간 벌려서 독기 말고 나머지 불필요한 탁기를 뱉어 내며, 침을 삼키면서 그중에 의식적으로 독기를 혀 아래 현응혈로 흡입하는 그림을 떠올렸다.

하나 몇 번을 연습해도 쉬이 되지 않았다. 우반신의 기혈이 뚫렸다고는 해도 진자강의 나머지 기혈은 대부분 막힌 채다.

진자강은 잠시 생각하다가 침을 꺼내어 혀 아래에 대었다. 현응혈의 좌우로 왼쪽의 금진혈과 오른쪽의 옥액혈을 더듬어 찾아냈다. 두 혈을 찔러 피를 내고 혈도를 열 생각이었다.

기혈에 손댈 때엔 선양후음(先陽後陰)의 순을 따른다. 양을 먼저 고치고 음을 뒤에 치료한다는 뜻이다.

또한 사람의 몸은 좌양우음(左陽右陰)이므로 진자강은 양의 기혈인 왼쪽의 금진혈부터 침으로 찔러 피를 냈다. 이어 오른쪽의 옥액혈도 상처를 냈다.

좌측은 기혈이 막힌 탓에 엄청난 양의 거무죽죽한 어혈이 쏟아졌고 우측에서는 살짝 어혈이 나오다가 금세 새빨간 피로 바뀌었다.

이것은 진자강이 일찍이 갱도에서 배웠던 약문의 수법 중 일부다. 그때에는 제대로 이해하지 못했다가 기초를 알고 나서 연단법에 접목할 수 있게 된 것이다.

금진과 옥액의 기혈을 열자 현응혈의 숨통이 훨씬 더 크게 트였다.

진자강은 호흡법에 따라 숨을 들이쉬고 내쉬며 독기를 받아들였다.

일부의 독기가 현응혈을 통해 임맥을 타고 바로 단전까지 가는 것이 감지되었다.

'해냈다!'

하지만 워낙 소량이라 단전에 붙들어 두지는 못하고 단
전에서 전신으로 퍼졌다.

두근!

갑자기 심장이 크게 뛰었다.

第三章

독룡(毒龍)

진자강의 눈이 크게 떠졌다.

진자강은 급히 주변을 둘러보았다.

나무 그늘에 앉은 소소가 보인다. 소소는 진자강의 수련을 방해하지 않기 위해서 가만히 지켜보기만 하고 있었다.

소소가 아니다.

'누구지!'

하지만 진자강은 이내 심장이 다시 두근거리는 걸 느꼈다. 크게 박동했다가 금세 천천히 느리게 뛴다. 피가 천천히 도니 팔다리에서 힘이 빠지고 무력한 느낌이 들었다.

구역질이 찾아오며 땀이 나고 몸이 떨렸다. 독이 직접적으로 눈에 관여하는 것 같지는 않았으나 심박이 줄어든 탓인지 시야까지 흐려졌다.

한순간에 퍼진 독기가 중화되기 전 발발한 것이다.

소소가 다가와 진자강을 살폈다. 진자강은 얼굴을 일그러뜨린 채로 괜찮다고 소소를 안심시켰다.

독기는 금세 가라앉았지만 진자강은 그 짧은 사이에 땀투성이가 되었다.

'내가 독기 때문에 잘못 느꼈나?'

진자강은 주변을 계속 신경 썼으나 별다른 움직임이 없었다. 어쩌면 사냥꾼이나 나무꾼이 지나갔는지도 모른다.

진자강은 독기를 가라앉히며 안정을 찾아갔다.

어쨌든 새로 독기를 흡수하는 방법을 익혔으니 진자강으로서는 큰 성과를 얻은 셈이었다.

"오늘은 이만 돌아갈까?"

소소가 고개를 힘차게 끄덕였다가 무슨 생각이 들었는지 다시 고개를 저었다.

소소가 입을 벌리고 뭐라고 말을 하려 했다.

"아? 아어어."

갑자기 진자강의 팔을 끌고 어디론가로 가자고 한다. 진자강은 얼떨떨해하면서도 소소에게 이끌려 따라갔다.

소소가 간 곳은 옆쪽 계곡의 한산한 골짜기였다. 골짜기

옆쪽에 약수가 흘러나오는 작은 샘이 있었다.

소소가 샘을 가리켰다.

진자강은 샘 앞에 무릎을 꿇고 앉았다. 물을 한 모금 마셨더니 청량감이 감돌았다. 몸에 좋은 효과가 있는 약수임에 분명했다.

진자강이 그다음에 뭘 해야 하느냐고 소소를 쳐다보자, 소소가 물을 떠서 땀이 난 진자강의 얼굴을 닦아 주었다.

찰랑, 찰랑.

이 약수의 시원하고 개운한 느낌은 일반 우물물과는 달랐다.

진자강은 문득 깨달았다. 이 약숫물은 평소에 소소가 자신의 몸을 닦아 줄 때 썼던 그 물이다.

'그랬구나······.'

가깝지도 않은 곳까지 와서 물을 길어 와 자신의 몸을 닦아 주었던 것이다.

진자강은 소소를 바라보았다. 소소가 진자강의 눈길을 받고는 부끄러워하면서 고개를 돌려 몸을 일으켰다.

소소가 샘 옆 널따란 바위 위로 올라갔다. 기분이 좋은 듯 그곳에 앉아 발을 앞뒤로 까딱이면서 하늘을 보았다.

진자강도 소소의 옆에 앉았다.

겨울 새소리, 차가운 바람, 바로 머리 위를 떠가는 조각

구름들.

조금만 방심하면 찾아오는 이 느긋한 풍경.

일상이 주는 작은 기쁨은 자꾸만 날이 선 복수의 칼날을 무디게 만들고 있었다.

진자강은 머리를 긁적였다. 이 무안한 분위기는 어딘가 어색했지만 마음만큼은 평온했다.

'떠나기 전까지만…… 이렇게 있어 볼까.'

진자강은 조용히 눈을 감고 어쩌면 다시는 찾아오지 않을지도 모르는 이 잠깐의 망중한을 즐기기로 했다.

*　　*　　*

사천 성도 인근.

정방형(正方形)의 거대한 하나의 저택을 중심으로 하여 좁은 골목들을 사이에 두고 크고 작은 저택들이 다닥다닥 붙어 있었다.

전체적으로 보면 수백 채의 저택이 하나의 정방형 장원을 이루고 있는 듯 기묘한 모습의 마을.

여러 채의 저택이 하나의 담장을 공유하고 있기에 각각의 구역은 개방적인 듯하면서도 오히려 외부인에게는 폐쇄적이 되는 특이한 형태였다.

당가대원(唐家大院)!

당씨를 비롯한 주변의 가신 성씨들이 모여 사는 이 집성촌을 부르는 이름이다.

애초에 이 마을을 마을이 아니라 큰 장원이라고 부르는 것도 이들의 집단성과 폐쇄성을 대표적으로 나타내는 말일 터였다.

당가대원은 아흔 개의 안뜰과 삼천의 간(間)으로 이루어져 있으며, 당가대원 외부로도 수많은 집들이 지어져 있어서 어마어마한 규모를 자랑했다.

심지어 당가대원으로 들어가기 위해서는 성벽만큼이나 높은 담과 관문을 통과해야 했다. 문은 활짝 열려 있으나 외부인들이 함부로 드나들기에는 굉장한 부담감이 생기지 않을 수 없는 건물이었다.

망료는 당가대원의 외부에 있는 허름한 집의 창가에서 당가대원의 정문을 바라보고 있었다.

한 명의 노 장인(匠人)이 뚝딱거리면서 망료의 발아래에서 몸을 굽히고 있었다.

망료의 의족을 새로 맞추고 있었던 것이다.

노 장인은 나무망치를 두드려서 정밀하게 의족을 조절한 뒤, 땀을 닦으며 일어섰다,

"조작을 잘못하지 않도록 조심하시우. 재수 없으면 터져서 남은 다리 위까지 다 날아가니까."

"허어, 당문(唐門) 최고의 수전(袖箭) 명장이 만든 의족인데 아무렴 쓸 만은 하겠지."

당씨세가를 당문이라고 부르는 건 당가 사람들이 듣기 좋으라고 부르는 말이다. 무림세가를 넘어서서 하나의 문파로 오르고 싶어 하는 당가에게는 더없이 듣고 싶은 말이다.

하나 정작 망료는 노 장인이 기분 좋으라고 한 말은 아니었다. 그 뒤에 있는 당가의 귀공자가 들으라고 한 소리다.

약관이나 넘었을까 한 청수한 모습의 공자가 뒷짐을 진 채 노 장인의 뒤에 서 있었다.

망료는 앉은 채로 새 의족을 툭툭 차 보며 땅을 밟아 보았다.

"아무튼 고생하셨소이다. 다음에는 외원이 아니라 내원에서 편하게 앉아 조립을 받았으면 좋겠군. 아름답기로 유명한 당문의 내원 구경도 할 겸."

공자가 코웃음을 쳤다.

"흥. 입에 꿀이라도 발랐소? 귀가 간질거려서 못살겠군. 어디 당신이 감히 내원에 발을 들일 수 있을 것 같나?"

"에이, 자꾸 남 취급 하면 섭섭하지. 함께 일을 한 지가 몇 년인데."

일전에 독곡에서 망료와 만났던 죽립인이 바로 이 공자였다.

공자는 녹빛 의복을 입고 머리는 한 올 남김없이 뒤로 올려 푸른 끈으로 동여매었는데, 자세히 보면 선이 곱고 야리야리한 데가 있었다. 남자치고는 너무 예쁘장하다.

약간 눈 끝이 치켜 올라가 눈매는 날카로워 보이고 피부는 희며 코끝은 작고 오똑했다.

남자의 복장을 했지만 여아.

당가는 다른 문파보다 가문의 비전을 귀하게 여기는데 독을 다루는 특성상 손이 귀하다. 때문에 여아라 하더라도 혼인을 하기 전까지는 남녀가 같은 취급을 받으며, 혼인 때에도 반드시 데릴사위로 남편을 받아들인다.

당하란.

올해 나이 스물하나의 나이에도 불구하고 당가의 외부 사업을 관리하는 중책을 맡고 있으며 그에 걸맞은 뛰어난 무공까지 소유하고 있는 재녀였다.

당하란이 말했다.

"녀석이 발견됐소."

그때까지 빙글빙글 웃고 있던 망료의 얼굴이 굳었다.

"누구를 말하는 게요?"

"당신이 그리 아끼고 감싸던 녀석. 대읍 사파의 한 안가 근처에서 찾아냈지."

망료의 표정이 묘해졌다.

"대읍으로 들어왔다고? 그런데 그걸 그냥 내버려 뒀소이 까?"

"대읍에는 사파들의 안가가 매우 많아. 물론 위치는 전 부 확보하고 있지. 물론 우리뿐 아니라 청성파와 아미파 도."

망료는 금세 이해했다. 대읍은 세 호랑이가 등잔 밑의 그 림자처럼, 사고만 치지 않으면 그 어디보다 안전할 수 있는 곳이다.

"덕분에 아주 귀찮아졌어."

당하란이 못마땅한 듯 돌아서서 허탈하게 웃었다.

"후환이 없게 잘 처리하라고 하였더니, 지금까지 대체 무슨 일들이 벌어진 거지? 제갈가의 가신이 지휘하는 구궁 팔괘진을 뚫고 나와서 묵룡을 쓰러뜨려? 하하, 그리고 망 고문은 반죽음이 된 묵룡을 이리로 데려오기까지 했잖아. 엉망진창, 정말로 마음에 안 드는군."

"다 예상대로이오이다."

"예상대로라고? 놈에게 세상의 시선이 잔뜩 몰렸어. 세 간에서 놈을 이제 뭐라고 부르는 줄 알아?"

망료는 대답을 않고 웃으면서 당하란을 보았다.

"묵룡을 쓰러뜨렸으니 더 이상 사갈독왕 따위의 놀림감으로 부를 수 없다더군. 하여 독룡이라고 부르더이다?"

기분 나쁜 투가 역력했다. 당가의 입장에서는 독룡이라는 별호를 빼앗긴 기분까지도 들 터였다.

"아아, 독룡."

망료도 이미 알고 있었다. 단지 남의 입을 통해서, 당하란이 말하는 걸 듣고 싶었을 뿐이다.

전율이 일었다.

독룡!

강호에서 용이라는 글자가 별호에 붙는 것은 실로 명예로운 일이었다. 후기지수, 혹은 강호에 떠올라 있는 신성일 때에만 붙일 수 있는 별호의 글자인 것이다.

아무것도 아니던 열 살 꼬마가 드디어 독룡으로 불리게 되었다.

물론 실력보다 명성이 앞선 상황이기는 하나, 진자강의 존재가 커질수록 망료는 기쁘다.

망료는 당하란이 건넨 보고 서신을 확인했다.

서신에는 안가의 위치와 거주자 수, 그리고 진자강의 근황까지 적혀 있었다.

"놀랍도록 치유가 빠른 것으로 보이며…… 여아 하나와

사이가 좋아 매일 함께 산을 오른단다……."

망료의 입가에서 웃음이 떠날 줄 몰랐다.

"하늘이 돕는군."

이것은 망료가 가장 원하던 상황이 아닌가!

"너무 곤란해하지 마시오, 공자. 내가 다 후속 대책을 세워 놨소이다."

"뭘 하든 빨리 시작하는 게 좋을 것이야. 조만간 요화가 다시 산동으로 떠날 것으로 보이니까. 할아버지께서 아직까진 별말씀이 없으시지만, 실망시켜드리고 싶지 않아."

"다 됐소. 서신 몇 장에 보표(保鏢)가 딸린 달구지 하나만 있으면 되겠구려. 물론 이번엔 본인도 힘을 써 볼 생각이외다."

망료가 자신의 계획을 설명했다.

"백리권을 미끼로 산동요화를 끌어낼 것이오."

"산동요화는 누가 잡지? 말해 두지만 무림총연맹의 상위 전투 조직은 사천에 발을 들일 수 없어. 그건 우리 사천인들의 자존심을 건드리는 일이거든."

"산동요화는 사천이 아니라 귀주에서 잡을 거요. 제갈가와 내가."

"독룡은?"

"독룡은 아직 쓸 만하오. 조금 더 키워야겠소."

독룡이란 말을 입에 담을 때마다 망료는 심장이 다 찌릿거렸다. 그만큼 기분이 좋았다.

당하란이 살포시 인상을 쓰고 말했다.

"우리가 독룡을 내버려 둔대도 청성과 아미가 살려 두지 않을 것인데. 오히려 우리만 의심 사기 딱 좋지."

"뭐, 그건 너무 걱정하지 마시고 함께 대어를 낚을 준비나 해 봅시다."

한데 망료가 갑자기 생각난 듯 물어보았다.

"아, 그런데 혹시 놈의 얼굴을 한번 보고 싶은 생각은 없소이까?"

*   *   *

이번 일은 서로 간에 시간이 잘 맞아야 했다. 하나라도 어긋나면 대어를 잡을 수 없다.

망료는 사전 준비를 끝내고 즉시 귀주로 갔다.

귀주의 홍등가.

아직 이른 저녁, 홍등가에도 하나둘 홍등의 불이 걸리기 시작한 시간이었다.

그곳의 한 기루 앞에 섰다.

낙성루의 앞이었다.

망료는 잠시 낙성루를 올려다보다가 뒷골목을 통해 낙성루의 뒤로 돌아갔다. 그중 한 곳 판자로 가로막힌 문을 두드렸다.

똑똑.

문의 가운데에 난 구멍에 사람 눈이 희끗 지나가더니 곧 문이 열렸다.

뒷문은 기루의 부엌으로 연결되어 있었는데 기루의 심부름꾼 행색을 한 자가 망료를 알아보고 고개를 숙였다.

"오셨습니까. 아이들을 소집할까요?"

"됐어. 오늘은 잠깐 들른 게야. 소란 떨지 말고 일하게 내버려 둬."

망료가 이곳 낙성루의 주인이라는 걸 아는 사람은 몇 되지 않는다. 낙성루에서 일하는 몇몇만이 아는 사실이다.

"그 친구 있지?"

"염소수염을 한 작자 말씀이십니까? 그자라면 사 층에 와 있습니다."

"가 보지."

망료는 심부름꾼 행색을 한 자의 안내를 받으며 위층으로 올라갔다.

뚜걱, 뚜걱.

변방인 운남에서 처음 강호의 중앙으로 나왔을 때, 망료는 사실상 강호 초출이나 다름없었다.

하여 망료는 일찌감치 중앙 무림에서 자리를 잡기 위해 선 세 가지를 준비했다.

남에게 업신여김을 당하지 않을 정도의 무공.

뒤를 봐줄 수 있는 고위급 인물과의 연.

마지막으로 숨 가쁘게 돌아가는 강호의 흐름에서 밀려나지 않고, 나아가 정세를 이용할 수 있을 정도의 정보.

그중에서도 망료는 정보에 집착했다. 하여 정사를 가리지 않고 발을 걸쳐 놓을 수 있는 모든 곳에 선을 댔다. 이 낙성루 또한 그를 위해 마련한 하나의 거점이었다.

낙성루의 사 층은 귀빈을 모시는 장소다.

망료가 사 층에 도착하자 심부름꾼 행색을 한 자가 앞에서 기다리고 있던 기녀에게 눈짓했다.

기녀가 한 곳의 방 앞으로 망료를 안내했다.

반쯤 열린 문에 겹겹이 드리워진 붉은 휘장.

"어이구, 우리 화화는 어찌 이리도 이쁜가? 내가 하남에 집 한 채 놔 줄 테니 같이 가 살까?"

심학의 목소리였다.

그러나 망료는 휘장을 걷고 들어가려다가 갑자기 휘장을 내리고 뒤로 물러났다.

"……."

잠시 서 있던 망료가 안내해 온 기녀와 심부름꾼을 물렸다. 아예 아래층으로 내려가라고 손짓했다.

"내 자네와 나룻배를 타고 술 한 잔 걸치면서 동정호 유람도 다니고 그렇고 싶네. 내 마음만 그런 거 아니지? 자네도 그렇지?"

그사이에도 심학의 주절거림은 계속되고 있었다.

망료는 눈썹 위를 손가락으로 긁곤 말했다.

"미리 말해 두는데……."

그러자 거짓말처럼 심학의 목소리가 멈추었다.

망료가 말을 이었다.

"나는 매우 좋은 소식을 갖고 돌아온 것이나, 경우에 따라선 그것이 우울한 비보(悲報)로 바뀔 수도 있음을 유념하시오."

그러더니 휘장을 걷고 성큼 방 안으로 들어섰다.

방에는 거하게 차린 술상이 놓여 있고 심학과 어려 보이는 아리따운 기녀가 덜덜 떨면서 앉아 있는 모습이 보였다. 방 안에는 그것 외엔 아무런 이상함이 없었다.

망료는 창문으로 시선을 옮겼다.

창밖.

창밖에 한 쌍의 호랑이 눈이 불덩이처럼 떠올라 있었다.

이내 망료는 시커먼 암류(暗流)에 휩싸였다. 암류가 줄기

줄기 뻗어 와 망료의 사지를 휘감고 돌았다.

사악, 사악.

암류가 살짝살짝 닿을 때마다 망료의 옷깃이 베여 나갔다.

그러나 망료는 아무렇지 않게 암류를 받아들였다.

"전혀 검각주답지 않은 실수를 하시는구려? 다음부터 기루에서 덫을 놓으려거든 남녀가 질펀하게 놀고 난 뒤가 좋을 것이외다. 살 냄새가 전혀 나지 않는 기루라는 건 아무래도 좀 이상하니까. 아무튼 그만 나오시오."

그 순간 거짓말처럼 암류가 사라졌다.

창문이 열려 있고 어느 틈엔가 방 안에 백리중이 들어와 있었다.

심학과 기녀가 덜덜 떨고 있는 이유가 있었던 것이다. 망료가 기녀에게 말했다.

"너는 이만 나가 보아라."

"네, 네……."

기녀가 황급히 일어나서 나가려 했다. 하지만 백리중이 홀연히 기녀의 뒤에 섰다. 그러더니 기녀의 머리 위에 손을 얹었다.

백리중이 아래로 손을 눌렀다.

우두두두둑!

뼈 부러지는 소리가 나며 기녀의 몸이 찌부러졌다.

팔다리를 방향이나 모양을 생각하지 않고 함부로 구긴 것처럼 기녀는 이상한 모양으로 구겨졌다. 머리는 앞을 보는 그대로인데 엉덩이가 뒤통수에 닿아 있고 팔다리는 전부 하늘로 솟아 있는 모양새였다.

그러나 더 끔찍한 것은 그러면서도 기녀가 살아 있다는 점이었다.

백리중은 살기가 극에 달해 눈 끝이 벌겋게 된 채로 말했다.

"경고했을 텐데. 장기 말은 장기판 위에 있을 때에만 의미가 있다고."

망료는 얼굴을 찌푸렸다.

"우리 기루에서 제일 잘나가는 아이올시다."

망료가 눈에 눈물을 글썽거리면서 입을 뻐끔거리는 기녀에게 다가갔다.

"쯧쯧, 꽃다운 꽃 한 번 피워 보지 못하고 이게 무슨 꼴이냐. 이번 생은 아무래도 그른 모양이구나. 다음 생에 다시 만나면 그땐 꼭 지금보다 몇 배로 잘해 주마."

망료는 몸을 굽히고 백리중이 막을 새도 없을 정도로 빠르게 상에서 젓가락을 집어 기녀의 심장을 찔렀다.

심장에서 피가 줄줄 새어 나왔다. 하지만 기녀는 죽지 않았다.

"응?"

망료는 눈썹을 치켜들고 백리중을 올려다보았다.

백리중이 살기 어린 얼굴로 이를 드러내며 웃고 있었다. 정수리에 얹은 손을 통해 가공할 내공을 퍼부어 기녀를 살려 놓고 있는 것이다.

명백한 의도가 보였다.

죽음마저도 자신의 손아귀에 있다는 듯, 자신이 허락하지 않으면 죽고 사는 것조차 아무도 마음대로 할 수 없다는 뜻이다.

망료는 낮게 한숨을 내쉬며 고개를 저었다.

"이만 보내 주시오. 아이가 불쌍하지도 않소이까."

백리중의 웃음에서 살기가 더욱 짙어졌다. 심학은 살기가 심해지자 덜덜 떨어 댔다.

망료는 입맛이 쓴 표정을 지었다. 서로 간에 기선 제압을 하였으나 결국 망료가 밀렸다.

"부탁드리겠소."

백리중이 그제야 손을 휘저었다. 기녀는 아무 무게가 없는 지푸라기처럼 나풀거리면서 날아가 벽에 처박혔다. 기녀의 슬픈 눈에서 순식간에 생기가 꺼져 갔다.

백리중은 술상에 있는 술을 벌컥벌컥 들이켜며 침상 위로 가 앉았다.

"이제 얘기를 들어 볼까."

망료는 옷자락을 툭툭 털고 일어나 말했다.

"우선 묵룡은 무사하오. 중독이 극심해서 매우 위험한 상태였소. 묵룡을 치료하기 위해선 사천으로 올 수밖에 없었소이다. 독을 치료하자면 독을 잘 쓰는 데의 힘을 빌릴 수밖에 없지 않겠소."

심학이 눈알을 굴리며 눈치를 보다가 끼어들었다.

"어, 어디에서 감히 거, 거짓말을 하느냐! 묵룡에게 거짓 정보를 흘린 게 네, 네놈인 걸 모를 줄 아느냐!"

백리중이 심학을 빤히 쳐다보았다. 심학이 떨면서 마른 침을 삼키고 웃었다.

"헤, 헤헤……."

백리중이 손가락을 까딱였다. 심학이 다가가자 백리중이 심학의 헝클어진 머리에 손을 얹었다.

툭.

지저분하게 묶어 올린 상투 끝이 잘리며 머리가 풀어 헤쳐졌다.

심학은 오줌을 지렸다.

하지만 백리중은 심학을 해코지하는 대신 자비로운 말투로 말했다.

"너무 무리하지 말게, 군사. 내 군사가 스스로 저자의 계책을 알아내기 위해 여기에 와 있는 것임을 잘 아네. 하지만 의관은 좀 거슬리는군. 군사는 내 얼굴이나 마찬가지인데 그렇게 대충 하고 다니면 쓰나."

"네! 주, 주의하겠습니다요!"

"저 구석에 가서 풀어진 상투부터 다시 묶고 오게."

"예, 옛!"

심학은 바닥을 기어가 구석에 머리를 처박고, 자신의 머리카락을 정리하기 시작했다.

백리중은 심학에 대해 못마땅한 표정을 내비치지 않았다. 그러나 망료는 지금 백리중의 심기가 매우 불편함을 알 수 있었다.

방금 심학이 내뱉은 말실수 때문에 묵룡에게 정보를 보낸 게 누구인지 모른다는 걸 망료가 알게 되었기 때문이다.

'네놈인 걸 모를 줄 아느냐!' 라고 물은 건 심증만 있고 물증은 없다는 반증인 것이다.

"각주께서는 참으로 군사를 아끼시는 모양이구려. 심 군사는 좋겠소이다."

심학 때문에 방금 백리중이 가지고 있던 패 하나가 날아간 것을 비꼬는 말이었다.

심학이 고개를 살짝 돌려 헤실 웃다가 백리중의 눈치를 보더니 화를 버럭 냈다.

"그, 그대는 그 망할 입을 네 줄로 꿰매 버리기 전에 다, 다, 닥치는 게 좋을 것이다!"

백리중이 경고했다.

"그만. 이제 얘기를 듣겠다."

망료는 어깨를 으쓱했다.

"여튼 그런 이유로, 묵룡은 살려 냈으나 나는 덕분에 사방에서 사파의 끄나풀이 아니냐는 오해를 받게 됐소이다. 심지어 묵룡은 깨어나자마자 날 죽이려고 하더군."

"그래서?"

"내가 그런 더러운 자가 아니라는 걸 증명해 보이기로 했소이다."

"어떻게?"

망료가 야심 찬 목소리로 말했다.

"산동요화를 잡아 바치겠소."

백리중의 눈썹이 꿈틀거렸다. 그것은 단순히 사파의 여걸을 잡아다 준다는 것 이상의 의미가 있었다.

백리중이 망료의 눈을 응시했다. 망료가 과연 어디까지 알고 있는가를 파악하기 위한 눈빛이었다.

하나 망료는 결코 말을 내뱉은 이상의 내색을 하지 않았다. 여기서 더 나아갔다가는 자신이 죽을 수도 있다는 걸 잘 알고 있었다.

망료의 입가에 희미한 미소가 맺혔다.

                    *   *   *

마침내 진자강이 떠날 때가 되었다.

소소는 진자강에게 기름종이에 싼 환약들을 주었다.

진자강이 떠난다고 알린 때부터 며칠 동안 직접 만든 약
이었다.

편복이 투덜댔다.

"보기엔 쥐똥 같이 생겼어도 알맹이는 귀주 약문의 비전
이지. 소소 저 녀석, 나는 한 알만 달래도 그렇게 안 주더
니⋯⋯."

단령경이 웃으면서 말했다.

"그건 등려온환이라는 것으로 내상에 매우 효과가 좋다
네. 내가중수법이나 검기에 상한 내장을 치료하는 데 큰 도
움이 될 걸세. 오늘 새벽에 완성한 모양이더군."

소소가 정성을 들여 만든 등려온환 열 정.

앞으로 진자강의 목숨을 몇 번이고 살릴 수 있는 귀한 약
이 될 것이다.

진자강은 소소에게 감사 인사를 했다.

소소가 얼굴을 붉히며 단령경의 뒤로 몸을 숨겼다.

진자강은 편복과 단령경에게도 인사했다.

"이번에 참으로 감사했습니다. 꼭 제가 은혜를 갚을 수 있는 날이 왔으면 좋겠습니다."

"뭐, 강호의 인연은 질기기가 소 힘줄 같아서 살든 죽든 만날 사람은 또 만나게 된다지. 만날 운명이면 또 만나겠지. 잘 가게."

"몸 건강히."

진자강이 다시 복수를 위해 떠나는 걸 알기에 단령경은 긴말을 하지 않았다.

진자강은 가벼운 봇짐만 지고 장원을 떠났다.

당분간 몸을 추스를 때까지는 사천을 떠나지 않고 멀리 소개받은 약방에서 일을 하며 지낼 생각이었다.

"아…… 어으어."

진자강이 떠나는 뒷모습을 보던 소소가 안타까운 목소리를 냈다.

안타까운 것은 소소뿐 아니라 소소를 지켜보는 편복과 단령경도 마찬가지였다.

편복이 진자강 욕을 했다.

"여자 울리는 놈치고 잘된 놈을 못 봤다. 우리 예쁜 소소 울렸으니 네놈도 금세 다시 돌아오게 될 거다. 에잉."

단령경이 말했다.

"어쩌면 돌아오지 않는 게 저 소년에게는 좋은 일일 것 같기도 하네."

편복이 쩝 하고 입맛을 다시면서 단령경을 쳐다보았다.

"가실 겁니까?"

"가야지."

"함정일지도 모릅니다."

바로 어제, 단령경은 사파의 비선을 통해 연락을 받았다.

　　백리권을 넘길 테니, 진자강을 데리고 광서 남단에
　서 만납시다.

단령경은 진자강을 넘길 생각이 조금도 없었다. 오히려 진자강을 그냥 떠나보냈다.

그랬으면 서신을 무시하면 되는데, 무시하지 않고 가 보겠다는 것이다.

"최소한 광서 남단에 가실 때까지만이라도 저 녀석을 여기 잡아 뒀어야 하는 거 아닙니까?"

"그들은 우리가 어디 있는지 이미 알고 있다네. 그리고 내가 진가 소년을 내주지 않을 것도 알고 있지. 그런데도 광서 남단으로 오라고 한 이유가 무엇이겠는가?"

"그러니까 제 아둔한 노서(老鼠) 같은 머리로도 이게 합정이라는 게 딱 느껴진다는 거 아닙니까."

"내가 언제 함정이 두려워 가지 않은 적이 있던가? 그리하면 강호에서 나를 무어라 부르겠는가 말일세."

사실 그렇게까지 강호의 소문이나 명성에 연연해 할 필요가 없다. 편복이라면 당연히 그럴 것이다.

하지만 단령경은 다르다. 사파이면서 본질적인 사파인이기를 거부한다. 그렇기에 상대의 수작에 응해 줄 수밖에 없었다.

"저도 같이 수행할깝쇼?"

"자네의 그 다리로는 짐만 된다네."

편복은 아직까지 부목도 떼지 못했다. 진자강과는 다르다.

"아아, 거참. 사천도 아니고 광서 남단에서 만나자니. 여기서 족히 닷새는 가셔야 하는 길을……."

"별일이 없다면 나는 그곳에 들렀다가 산동으로 돌아갈 것이네."

별일이 있다면 산동이든 어디든 다신 보지 못하게 될 수도 있었다. 정파의 칼에 늘 몰려 사는 사파인들은 그런 불안감을 갖고 살아야 했다.

그러나 둘 다 그런 말은 하지 않았다.

"알겠습니다요."

"슬슬 나도 떠나야겠군."

진자강은 대읍을 떠나 좀 더 사천의 깊숙한 곳으로 가기
로 했다.

가던 중에 들른 객잔에서는 원치 않아도 강호의 이야기
가 귀에 들려왔다.

"삼룡사봉 중에 영봉과 묵룡을 잡았다지?"

"묵룡과는 양패구상했다는 얘기가 있던데, 그러면 최소
한 묵룡과 동급으로 놔야 하는 거 아냐?"

"구궁팔괘진을 박살 낸 후에 맞부딪친 거라니까 묵룡보
다 윗줄일 수도 있지."

진자강에 대한 얘기였다.

심심치 않게 사람들의 대화 중에 '독룡'이란 별호가 나
올 때마다 진자강은 얼굴이 다 화끈거렸다.

독룡이라니!

너무 과한 별호다.

진자강은 괜히 부끄러워졌다.

용이니 봉황이니 평소에 그런 말을 듣고 사는 것도 쉬운
일은 아닌 모양이었다.

진자강은 객잔에 더 머물지 않고 가볍게 국수 한 그릇만
먹고 일어섰다.

누가 보면 느긋하게 시간을 보내는 줄 알겠지만, 사실 진자강은 굉장히 신경을 곤두세우고 있는 중이었다.

장원을 나온 지 겨우 하루.

그런데 벌써 꼬리가 붙은 것이다.

단령경이 경고한 대로였다.

　　—장원을 나가고 나서 얼마 지나지 않아 감시가 있을 걸세. 자네는 감이 좋은 편이니까 분명히 알아챌 수 있겠지. 하지만 굳이 반응하지 말고 상대를 자극하지도 말게. 그러면 심히 우려할 만한 일은 생기지 않을 것이네.

진자강은 뺨을 긁적거렸다.

단령경의 말대로 하게 된다면 큰 무리 없이 된 것은 다행이라 할 만한데, 편복이 따로 해 준 얘기를 생각하면 좀 달리 생각해 봐야 할 부분도 있었다.

　　—사고는 안 생기는 게 제일 좋지만 자네는 이미 소문난 인사야. 혹여 분란이 생기지 않을 수가 없어요. 그럼 어떻게 대응을 해야 할까. 어떤 놈들과 시비가 붙느냐에 따라 달라야 돼. 만약 당가 사람을 만난

다? 뭐든지 모른 척해. 뭐라고 하면 그냥 잘못했다고
빌고 튀어. 튀는데 멈추라고 한다? 그럼 귀머거리인
척해. 그래도 쫓아온다? 그럼 죽은 척해. 당가 애들은
그렇게라도 해서 무조건 상종 안 하는 게 상책이야.

아미파에 대해서는 또 달랐다.

　—아미파의 스님들은 손이 엄청 매워. 만약에 싸
움이 붙었는데 초반에 승부를 보지 못했잖아? 그래
서 스님이 '어허, 더 이상 손속에 자비를 두지 않겠
소.'라고 하잖아? 그럼 그땐 그냥 무릎 꿇고 빌어.
살려 달라고, 안 그러면 스스로 스님들 앞에서 죽겠
다고 땡깡 피워. 그러면 곤란해하면서 한 번은 봐줄
거야. 이건 내가 해 본 거라 확실해.

이 부분에서 진자강은 실소를 머금었지만 편복은 진지했
다. 목숨이 걸려 있어서 죽느냐 하느냐 하는 마당이 찾아온
다면 웃을 수 없는 일이 될 터였다.

　—마지막으로 청성파의 도사들인데…….

편복은 한숨을 내쉬며 고개를 절레절레 저었다.

　—이 양반들, 맨날 도 타령하면서 산속에서 도만
닦다 보니 몇몇 빼고는 세상 물정을 몰라요, 물정을
모르니 고지식해서 말은 안 통하지, 그런 주제에 더
럽게 깐깐하고 자존심 드세지…… 또 대다수는 완전
히 외골수라 뭐 하나에 꽂히면 그냥 목숨 걸고 달려
들지…… 만약 청성파 도사를 만나면 그냥 인생의
큰 경험을 했구나 하고 뒷일은 원시천존께 빌어야
지, 생으로 미치신 분들이라 답이 없어요.

　진자강도 설마하니 그 정도일까 싶었지만, 편복은 아주
진저리를 쳤다.

　—한 번은 '도(道)가 뭔지 알면 살려 주겠다'고
하기에 내가 아는 도는 도가도비상도(道可道非常道)
입니다 하고 대답했지. 그랬더니 '도는 상선약수(上
善若水)'래. 그래서 도가도비상도는 도라고 할 수 없
습니까? 라고 물어봤더니 그것도 도이지만 자기가
맞다고 하면 더 이상 도가 아니니까 맞다고 못 한대.
이런 썅, 그래서 나도 도가 뭔지 알지만 말로 할 수

없다. 말로 하면 도가 아니니까, 라고 대답했더니 살
려 주더군. 살긴 했지만 치가 떨리더라고. 그게 미친
놈들이랑 뭐가 달라?

편복은 맺힌 게 많았는지 그 후에도 청성파에 대해서 한
참을 털어놨던 것이다.
어쨌든 딱 한마디로 정의하자면 그랬다.

　　―요즘 세상에 무림총연맹에 가입하지 않겠다고
　　버티는 것만 봐도 청성파 도사들이 어떤 분들인지
　　알 만하지.

일단 당가는 '애들', 아미파는 '스님들', 청성파는 '분
들'이라고 하는 것만 봐도 세 문파에 대한 편복의 인식이
어떤지 알 만했다.
그래서 진자강은 확인할 필요가 있다고 생각했다.
지금 자신을 따라오고 있는 이가 어디 소속인지.
그래야 다음 상황에 대처할 수 있는 여유가 생길 터였다.
진자강은 한참이나 차를 마시면서 기다렸다. 상대가 조
금이라도 방심하거나 실수하면 찾아낼 수 있을 정도로 감
각을 예민하게 세웠다.

하지만 아무리 시간이 지나도 도저히 찾을 수가 없었다. 분명히 감시하고 있는 건 맞는데, 간혹 감시한다는 티를 내는 것도 맞는데 그 사람이 어느 쪽에 있는지를 찾을 수가 없었다.

아무래도 진자강이 쉽게 상대하기 어려운 수준의 고수인 듯했다.

'지켜보고 있을 테니 경거망동하지 말라는 뜻인가?'

일거수일투족을 누군가의 감시 속에서 있는 건 진자강으로서도 썩 기분 좋은 일이 아니다. 어차피 곧 대읍을 나가게 될 텐데 그땐 따돌려야 할 필요도 있다.

진자강은 밖으로 나와 시장을 돌며 육포와 잡곡 가루를 샀다. 잡곡 가루는 잡곡을 빻은 후 쪄서 말렸다가 다시 가루를 낸 것으로, 물을 부으면 죽처럼 먹을 수 있었다.

그러다가 다리가 아픈 듯 사람이 없는 다관에 들러 차를 마셨다.

차를 마시다가 깜박 잊었다는 투로 다시 시장에 돌아가 몇 가지 물품을 더 샀다.

그러곤 아까의 다관에서 잠깐을 더 머물렀다가 노숙하기 위한 물품을 다 꺼내 점검한 후 본격적인 여정을 떠났다.

진자강이 택한 건 사람이 많이 오가는 대로가 아닌 산길이었다.

진자강은 산이 좋았다.

겨울이라 다소 황량하긴 해도 여전히 산은 풍족했다. 우거진 숲은 은신처가 되어 주었으며 배가 고프면 산새나 동물을 잡아먹을 수 있었고, 온갖 독초와 약초를 구할 수 있는 곳이었다.

아무것도 없이 시작한 진자강에게 있어 산은 보고(寶庫)이며 동시에 최적의 전장이기도 했다.

진자강은 슬슬 감시를 신경 쓰는 티를 냈다. 물을 마시는 척 뒤를 돌아보거나 은근히 하늘을 보는 척하며 옆을 살폈다. 앉아서 쉬다가 곁눈질을 하기도 했다. 물론 어떻게 해도 상대의 흔적을 잡을 수가 없었다.

산 중턱을 지나 점점 산이 깊어졌다.

진자강은 적당한 장소를 물색했다. 그리고 마침내 괜찮은 장소를 찾았다 싶자 행동을 개시했다.

봇짐에서 가죽 주머니를 꺼내 그 안에 든 하얀 가루를 주변에 조금씩 뿌리기 시작했다.

바닥과 오솔길, 근처의 풀잎과 나무에도 온통 하얀 가루를 뿌리며 걸었다.

진자강은 그렇게 해 놓고 흡족한 듯 다시 길을 가 버렸다.

진자강이 가고 나서 일각도 되지 않아 한 명의 청수한 도사가 나타났다.

"원시천존, 태상노군, 영보천존!"

약관은커녕 열대여섯 살이나 되었을까.

지학(志學)을 겨우 벗어난 어린 도사였다.

"참으로 못된 도우(道友)로군! 사람들이 다니는 길에 함부로 독을 뿌리다니."

어린 도사가 잠시 생각을 하다가 혼잣말을 했다.

"아니지. 기척을 들킨 건 모두 내 수행이 부족한 탓. 수양이 좀 더 깊었다면 이런 일도 벌어지지 않았겠지. 애꿎은 사람들이 다치지 않도록 내가 치우지 않을 수가 없네."

어린 도사는 긴장한 표정으로 가루를 손가락으로 찍어 맛을 보았다.

"씁쓸하지만 고소하구나. 독이라고 해도 모두 맛이 없는 건 아니었군."

어린 도사는 품에서 주섬주섬 부채를 꺼내 휘저었다.

휘이잉.

부채를 부치는데 바람이 불어 가는 게 아니라 오히려 거꾸로 바람이 몰아쳐 왔다. 어린 도사가 비질을 하듯 좌우로 오가면서 계속 부채질을 하자 가벼운 가루와 흙먼지가 떠올라 허공에서 뭉쳐졌다.

얼마 지나지 않아 가루는 한 덩어리의 공이 되었다. 어린 도사는 부채질을 멈추고 가루를 손으로 꽉꽉 뭉쳐 덩어리로 만들었다. 덩어리가 어느 정도에서 더 뭉쳐지지 않자, 내공으로 힘을 가해 더 세게 눌렀다.

꽈득, 꽈득.

주먹만 하던 덩어리는 거의 손톱만 해졌다. 그것을 어쩔까 고민하던 어린 도사는 소매 안에다가 덩어리를 넣어 버렸다.

"나중에 사백님들께 보여 드려야지."

어린 도사는 진자강이 걸어간 우거진 숲길을 보곤 살짝 한숨을 내쉬었다.

"휴. 놓치기 전에 얼른 따라가야겠다."

땅이 젖지 않아서 발자국을 찾아내는 것도 쉽지 않았다. 그래도 간간이 있는 발자국에서 흔적을 찾을 수 있었다. 진자강은 발을 절기 때문에 양발의 흔적이 서로 다르다. 그 점이 그나마 찾기 쉬운 부분이었다.

어린 도사는 땅을 살펴 가며 진자강의 뒤를 쫓았다.

그러나 어린 도사는 어느 순간 크게 당황하고 말았다.

"아앗! 놓쳐 버렸다!"

흔적이 뚝 끊겨 있었다.

어린 도사는 주변을 뒤졌으나 흔적을 더 이상 찾을 수가 없었다.

가볍게 발을 굴렀다. 몸이 깃털처럼 쑥 하늘로 솟아올랐다. 한꺼번에 몇 장이나 뛰어오른 어린 도사는 나무 꼭대기에 앉아 주변을 휘휘 둘러보았다.

고민하던 어린 도사는 아예 주변을 샅샅이 뒤질 생각으로 한 방향을 향해 날아가기 시작했다. 하루를 봐 온 결과, 진자강의 걸음 속도는 그리 빠르지 않았다. 혹여 경공을 쓰고 있다 해도 그러면 오히려 흔적을 찾아내기 쉬울 것이었다.

나뭇가지를 밟으며 뛰는데 거의 소리도 나지 않았다. 간혹 말라 버린 나뭇잎 한두 장만 떨어질 뿐이었다.

어린 도사는 사방팔방을 모두 뒤지고 다녔다.

하지만 반나절이 지나도록 전혀 흔적을 찾지 못했다.

별수 없이 어린 도사는 아까 진자강이 독 가루를 살포했던 장소로 되돌아왔다. 거기에서 다시 흔적을 찾아가려는 생각이었다.

그러나 그곳은 그사이에 상단이라도 오간 건지 온통 다른 이들의 발자국들로 어지럽혀져 있었다. 이젠 더 찾을 수가 없게 되었다.

어린 도사는 낙심했다.

"아아…… 큰일이군. 대읍을 벗어날 때까지만 지켜보고 있으면 되는 간단한 일이었는데. 겨우 이것도 못 해서 면벽

일 년을 할 순 없다고."

어린 도사는 고개를 푹 숙이고 마을로 되돌아갔다.

그리고 그 장소.

독을 뿌렸던 바로 그 장소에서 진자강이 튀어나온 건 해가 저문 저녁이었다.

흙더미가 들썩거리더니 흙과 풀을 헤치며 진자강이 밖으로 나왔다.

무려 한나절을 꼬박 거기에 숨어서 기다렸던 것이다.

진자강은 몸에 묻은 흙과 풀을 털었다.

그 짧은 시간에 바닥을 파고 숨을 수 있었던 건 풀의 덩굴 뿌리를 이용한 때문이었다. 땅이 마르고 힘이 없어서 풀을 당기면 덩굴 뿌리까지 뽑히면서 주변의 흙이 왕창 떨어져 나온다. 몇 포기만 뽑아도 금세 누울 만한 구멍이 생긴다.

그 위에 흙을 덮고 풀을 얹으면 빠르게 바닥에 숨을 수 있다.

물론 자세히 보면 찾지 못할 건 아니었다. 그러나 어린 도사는 그런 생각을 하지 못했을 터이다.

이미 그 전에 진자강이 독을 썼기 때문에 어린 도사의 판단력이 다소 떨어졌기 때문이다.

"흐음."

한데 진자강은 왠지 찜찜했다. 분명히 완벽하게 따돌렸는데도 어딘가 기분이 좋지 않았다. 하필이면 자신을 쫓아오던 이가 청성파의 도사였기 때문이었다.

진자강은 잠깐 생각을 했다. 그러다가 곧 자신이 숨었던 자리를 덮어서 감춘 후, 어린 도사가 갔던 방향의 반대쪽 방향을 향해 걸어갔다.

*　　　*　　　*

진자강은 꼬박 하루를 걸어, 늦은 저녁 작은 마을의 객잔에 도착했다.

노숙을 하려고 했던 것 역시 일종의 속임수였다. 일부러 노숙 용품을 다관에서 꺼내 놓아 확인했던 것도 자신의 여정을 숨기기 위한 장치였다.

진자강이 객잔의 일 층 식당에서 밥과 차를 주문한 후 기다리고 있을 때였다.

"하하하! 여기 계셨군요. 정말 고생고생하며 찾았습니다. 원시천존."

맑은 도호와 함께 온몸이 지저분한 몰골로 도사가 진자강의 앞에 와 섰다.

진자강은 다소 놀라기도 하고 어이가 없기도 해 어린 도사를 쳐다보았다.

어린 도사는 고생을 한 기색이 역력한 채로 진자강을 보며 환하게 웃고 있었다.

"앉아도 되겠습니까?"

순진무구한 표정으로 묻는 도사를 보면서 진자강은 도사가 무슨 생각으로 찾아왔는지 알 수가 없었다.

"앉으시죠."

"그럼 실례를 무릅쓰고. 원시천존."

어린 도사는 자리에 앉고 나서 한숨을 돌리다가 다시 웃었다.

"하아, 처음엔 상단이라도 오가서 흔적이 오염된 줄 알았는데 나중에 생각해 보니까 거기서 지나간 상단이 없었단 말입니다. 제가 주변 십 리를 전부 뒤졌었는데요. 그런데 저를 따돌리고 여기 계실 줄이야. 도우의 심계와 경공은 정말 놀랍군요. 감탄했습니다."

진자강은 아직 어린 도사가 허세를 부리는지 아니면 천성이 허술한 것인지 파악하지 못했다.

그런데 진자강의 앞에 있는 밥을 보니 허기가 동했는지 어린 도사의 배에서 꼬르륵 소리가 났다.

"죄송합니다. 하루를 내내 굶었더니만."

진자강이 어쩔 수 없이 권했다.

"드시겠습니까?"

"그럼 사양하지 않고 감사히 먹겠습니다."

어린 도사는 바로 젓가락을 들어 밥을 삼키듯 먹기 시작했다.

후루룩, 후룩.

진자강이 그 모습을 보다가 가만히 말했다.

"거기 독 들었습니다."

후룩······.

第四章

침소봉대(針小棒大)

어린 도사는 먹다가 그대로 동작을 멈췄다.

"에이, 농담도 잘하십니다."

"농담 아닙니다."

진자강이 진지하게 대답하는 걸 보고 어린 도사의 동공이 흔들렸다.

어린 도사가 당황한 표정을 지었다.

내공을 살짝 움직여 확인해 보니 혈맥에 쌓인 독이 느껴졌다. 손톱 끝이 푸르스름하게 변색되기까지 했다.

"어라? 아니, 내가…… 도우께 잘못한 게 없는데 왜 이러시는 겁니까? 사람에게 먹으라 권하고 독을 주는 경우가 어디 있습니까."

억울한 듯한 어린 도사의 말에 진자강이 더 어이없는 투로 대꾸했다.

"당연히 알고 있을 줄 알았습니다만."

"네? 제가 어떻게 독이 있는지 없는지 압니까."

"보면 모릅니까."

어린 도사는 밥그릇을 가만히 내려다보았다. 그리고 옆에 나온 볶음 반찬류도 쳐다봤다.

그러더니 머쓱하게 웃었다.

"잘 모르겠는데요."

"밥 위에 뿌린 산초 가루의 색이 변해 있잖습니까."

"아, 그래요?"

어린 도사가 신기하다는 듯이 밥그릇을 쳐다보았다.

"그랬군요? 전 왜 밥에 산초 가루를 뿌렸나, 식성도 참 이상하시다 생각하고 있었습니다."

"산초 가루는 제가 뿌린 것이지만……."

진자강은 어린 도사를 빤히 쳐다보았다.

이제껏 이렇게 허술하고 맹탕인 무인을 본 적이 없었다. 일부러 그러는 건지 아니면 원래 성격이 이런 것인지 알 수가 없었다.

그러나 그 허술함이 너무 천연덕스럽고 평화로워 보여서

진자강은 기분이 이상해졌다.

진자강은 무인들을 만날 때면 늘 바늘 위에 서 있는 것처럼 긴장하고 살아야 했다. 한 번 실수했다가 목숨이 날아갈 수도 있어서 매번 신경을 곤두세웠다.

주변 환경은 뭐든 이용하기 위해 틈날 때마다 사물을 상세히 관찰하는 습관이 생겼고, 아무 일이 없어도 혹시 모를 일에 대비해야 했으므로 계속 대책을 세우며 움직여야 했다.

자격지심일까?

그렇게 살아온 자신에 비해 겨우 두어 살 어린 듯 보이는 이 어린 도사는 천진난만하기까지 하다. 이게 어쩌면 이 나이에 어울리는 모습일 수도 있었다.

그런 생각을 하니 진자강의 기분이 묘해지는 것이다.

진자강은 자리에서 일어섰다.

"더 이상 따라오지 않았으면 좋겠습니다. 그리고 그 독에 대한 얘기는 저쪽에 있는 분과 하면 될 겁니다."

어린 도사가 그 말에 창가 쪽에 앉은 이를 바라보았다. 객잔의 식당에는 진자강과 자신, 그리고 창가 쪽에 죽립을 쓰고 앉은 남자 한 명이 전부였다.

진자강의 말이 끝나기가 무섭게 창가 쪽에 앉았던 이가 고개를 내저으며 웃었다.

"하하. 이것 참. 고작 사파의 떨거지에게 치독(置毒)이 이리 쉽게 들통 날 줄은 몰랐네. 그래도 명색이 독수(毒手)라는 건가."

치독은 음식에 독을 섞는 일이다.

어린 도사가 창가에 있던 이를 이리저리 보더니 되물었다.

"어라? 혹시 당가대원에서 나오신 분입니까?"

창가에 있던 이가 죽립을 들고 청송을 보았다. 대략 서른 살 안팎으로 보이는 남자였다.

"안녕하시오, 운정 도사. 본인은 당리심이라고 하오."

당리심이 일어나 포권을 하자 어린 도사 운정도 마주 포권했다. 하지만 말투는 불퉁했다.

"독이 든 밥을 먹었지만, 그래도 방금까지 안녕하긴 했습니다. 하지만 당씨 성의 분을 뵈니 안녕하지 못하군요."

"그건 무슨 말이오?"

운정이 당연하다는 투로 대꾸했다.

"여기는 저희와 당가대원, 아미 불문(佛門)의 세 문파가 함께 관리하는 영역으로 알고 있습니다. 그런데 다짜고짜 이런 데에서 함부로 독을 쓰시다니요. 그것은 저희 청성을 무시하는 처사입니다."

당리심이 말이 되지 않는다며 손을 저었다.

"사파의 떨거지를 시험하고자 한 일이 어떻게 청성을 무시한 일이 되겠소. 내가 운정 도사가 먹을 줄 알고 치독한 것도 아니지 않소이까."

"아, 그렇습니까? 으음, 그러고 보면 제가 타인의 끼니에 욕심을 내지 않았으면 벌어지지 않았을 일이긴 하군요. 원시천존……."

둘이 얘기를 나누는 동안 진자강은 짐을 챙겨 나갔다.

"해독은 두 분이 해결하면 되겠고, 저는 이만."

당리심이 코웃음을 치며 팔을 크게 휘둘렀다.

"어딜 가느냐."

세 자루의 젓가락이 날아가 진자강의 코앞으로 날아가 문간에 박혔다.

타다닥!

"네가 이곳을 마음대로 벗어날……."

하지만 당리심은 말을 끝내지 못했다.

어느샌가 운정이 진자강의 앞을 가로막고 젓가락들을 손가락 사이에 끼워 잡았기 때문이었다.

하나는 잡지 못하고 놓쳐서 문간에 날아가 그대로 박혔지만, 두 자루는 잡아냈다.

던지는 순간 따라잡았으니 젓가락을 던지는 속도보다 훨씬 빨랐다는 뜻이다.

상상하기 어려운 속도의 신법에 당리심도 말이 안 나왔다.

"아아, 배가 아파서 하나를 놓쳤네."

운정이 오만상을 찌푸리며 당리심을 쏘아보았다.

"제가 방금 그렇게 말씀드렸는데도 또 손을 써요? 이래도 청성을 무시한 게 아닙니까?"

"아니, 그건…… 내가 저놈에게 던졌는데 도사가 가로막아서……."

운정이 또박또박 말했다.

"세 문파는 서로를 존중하여 타 문파의 영향권 내에서는 함부로 손을 쓰지 않는다. 그게 불문율이라고 스승님께 들었습니다. 그러니까 제 앞에서 독을 쓰고 암기를 던지셨다는 건요……."

운정이 스승을 입에 담자 당리심의 안색이 급격히 나빠졌다. 운정의 사부는 사천에서 모르는 사람이 없다.

그러나 당씨 성의 자존심이 함부로 무릎을 굽히게 하지 않았다. 자존심이라면 당가 역시 결코 낮지 않다.

당리심의 얼굴이 굳었다.

"자꾸 저자를 감싸고 돌다니? 일부러 우리 당문에 시비를 거는 건가? 나이가 어려도 굳이 대우를 해 주었더니만!"

"제가 언제 시비를 걸었다고 그러십니까? 시비는 그쪽이 먼저 거시지 않았습니까?"

운정이 황당해하면서 손에 들린 젓가락을 힐끗 봤다.

"이거나 가져가십시오."

운정이 젓가락을 휘둘러 던졌다.

휘리릭!

젓가락이 차례로 당리심의 탁자에 꽂혔다. 아니, 꽂힌 게 아니라 날아와 섰다는 게 정확한 표현이었다.

묘기처럼 보이지만 내공을 절묘하게 다스린 솜씨였다.

하지만 젓가락 한 자루는 전혀 탁자에 박히지 않고 탁자에 고스란히 서 있었는데 비해 다른 하나는 반 치쯤 들어가 박혔다.

"아, 배가 아파서……."

운정이 멋쩍게 고개를 돌렸다. 독 때문에 제대로 조절이 안 되는 건지 아니면 아직 어려서 공력 운용의 묘가 부족했는지 알 수 없는 일이었다.

어쨌거나 진자강은 둘의 싸움에 끼지 않았다. 진자강이 당리심을 보며 물었다.

"내게 할 말씀이 있으면 하십시오."

당리심이 웃으면서 말했다.

"경고하러 왔다. 오늘은 청성파의 체면을 보아 참는다. 하지만 대읍을 벗어나서도 그렇게 고개를 뻣뻣이 들고 다니면 좋지 않은 꼴을 보게 될 거다."

"시비 거는 겁니까?"

당리심이 운정에게 한 말을 고스란히 돌려준 진자강이었다.

본래는 협박하느냐고 물어야 한다. 그런데 협박이 아니라 시비라고 했다. 대등한 관계에서나 쓸 수 있는 말이라 명백히 느낌에 차이가 있다.

"건방진 새끼."

당리심이 이를 가는데 운정이 웃었다.

"푸하하! 아이고, 웃어서 죄송합니다. 저도 모르게 웃음이 나와 버렸네요."

당리심의 얼굴이 붉으락푸르락해졌다.

진자강은 둘의 반응에 개의치 않고 말했다.

"알겠습니다. 충고대로 하죠. 그럼 되겠습니까?"

"그래!"

진자강은 살짝 눈인사를 하고 객잔을 나가 버렸다. 당리심은 괜히 막아섰다가 또 무슨 꼴을 당할지 몰라 이를 물고 참았다.

"어어?"

운정은 진자강과 당리심을 번갈아 보면서 난처해했다. 배가 아프니 해독은 해야겠는데, 당리심에게 해독약을 받다가 또 진자강을 놓칠까 걱정했던 것이다.

하지만 운정의 고민은 기우였다.

진자강은 객잔에서 별로 멀리 떨어지지 않은 곳을 걷고 있었다.

운정은 떨떠름해하는 당리심에게 해독약을 받아먹고 금세 진자강을 쫓아왔다.

"같이 가 주세요!"

진자강은 자리에 멈춰 서 대답 없이 운정을 빤히 보았다. 소리는 뒤에서 들려왔는데 벌써 옆에서 나란히 걷고 있는 운정이었다.

운정은 괜히 민망했는지 또다시 머쓱하게 웃었다.

"미안합니다. 원래는 이렇게 가까이 붙어서 갈 생각은 아니었는데요. 자꾸 도망을 가시니 그냥 아예 옆에 붙어 있는 게 낫다고 생각해서 이러고 있습니다. 사실 이렇게 마주쳤다는 걸 스승님이 아시면 혼납니다만, 대읍을 나가시기 전까지만 부탁드립니다."

진자강이 생각해 보니 숨어서 갑자기 튀어나오는 것보다 차라리 같이 가는 게 나을 법해 보였다. 아까 당가를 만날 때처럼 잘만 하면 도움이 될 것이었다.

아니, 그런 게 아니더라도 이 도사를 떼어 놓기가 쉽지 않다는 걸 깨달았다. 어디든 따라올 태세였고 마음만 먹으면 그럴 능력도 있었다.

"알겠습니다."

진자강이 흔쾌히 수락하자 운정이 좋아하며 따라왔다. 그래서인지 시키지도 않은 얘기를 줄줄이 했다.

"사실 스승님께 한 번 혼나고 마는 게 면벽 일 년 하는 것보다 나아서요."

진자강이 수긍했다.

"그렇군요. 저라도 면벽 일 년보다는 혼나는 게 낫겠습니다."

"하하, 이해해 주셔서 감사합니다."

그러다가 운정이 갑자기 머리를 긁으며 인상을 썼다.

"아차…… 아까 먹은 음식값을 지불하지 않고 왔네요. 잠깐 기다려 주시겠습니까? 가서 제가 먹은 건 지불하고 오겠습니다."

"내가 이미 올려 두고 왔습니다. 주인이 겁을 먹고 주방에 숨어 있더군요."

"어?"

운정은 놀란 눈으로 진자강을 보았다.

"도우는…… 좋은 사람이었군요!"

"그런 것 같진 않습니다만."

진자강은 무시하고 걸었다. 운정이 고개를 갸웃하며 따라왔다.

"아…… 그런가? 하긴 어제 독 가루를 함부로 살포하고 다니신 걸 보면 좋은 사람이 아닌 것 같기도 하고."

"어제 도사가 보라고 뿌린 건 그냥 잡곡 가루였습니다."

"네?"

운정이 손뼉을 쳤다.

"하아, 어쩐지 고소한 맛이 나더라니. 제가 속은 거군요. 역시 도우는 좋은 사람……."

"그 뒤에 제 뒤를 쫓으려고 풀숲을 뒤지고 바닥의 발자국을 찾아다녔지요?"

"네. 분명히 그랬죠."

"독은 발자국이 있던 자리의 풀잎에 뿌려 뒀습니다."

"……."

"여로의 독을 중화해서 갈분(葛粉)에 섞어 놨습니다. 아마 모르는 새에 조금 흡입했을 겁니다."

"……."

"살상력은 없지만 한 시진 정도 판단력이 흐려져서 절 찾아다니기가 힘들었을 겁니다."

"오호! 그런 방법이! 그러니까 제가 도우를 찾아내지 못했던 거군요. 어쩐지 눈도 흐릿하고 머리도 멍한 게 이상하더라."

운정은 눈을 동그랗게 뜨고 존경하는 표정을 지었다. 운정의 투명하고 맑은 눈이 진자강은 굉장히 부담스러웠다.

"살상만 하는 게 아니라 필요한 데에 딱 필요한 독을 쓰는군요. 도우는 소문과 많이 다른 것 같습니다."

진자강은 걸음을 멈추고 운정을 보았다.

소문을 알고 있으면서도 거리낌 없이 다가와 말을 걸고, 무방비하게 독에 당한다는 건 이상한 일이었다.

"왜 그러십니까?"

"원래 그런 성격입니까. 아니면 그런 척하는 겁니까?"

"뭐가 말입니까?"

"세간에 알려져 있기로 나는 굉장한 살인마일 텐데요."

"네. 저도 그렇게 들었습니다."

운정은 눈빛을 똘망거리면서 진자강을 마주 보았다. 그게 무슨 대수냐는 눈빛이었다.

"그래서 제가 감시하고 있는 건데요. 저희 청성의 영역에서 나가실 때까지 아무 일 없도록요."

무공만으로 보자면 충분히 가능한 일이긴 했다. 나이가 어리다고 무시할 수준이 아니었다.

그러나 너무 천진하고 해맑다. 무공에 비해 뇌가 순백이라 잔꾀에 쉽게 넘어가거나 당할 확률이 높다.

"너무 주의력이 없어 보여서 그렇습니다. 아까처럼 실수로 독이 든 음식을 먹으면 어쩌려고 합니까."

"해독약 달래서 먹었는데요."

"그런 얘기가 아닙니다. 누군가 도사를 암습하거나 계략을 써서 해치려고 하거나 한다면……."

운정이 말도 안 된다는 듯 손사래를 쳤다.

"에이, 여기 사천에서요?"

진자강은 확실히 깨달았다.

밑도 끝도 없는 저 자신감의 반은 자신의 무공, 그리고 나머지 반은 문파에 대한 믿음이다.

그것은 문파의 명성이 주는 일종의 보호막이었다.

운정이 자신 있게 말했다.

"사천에서는 누구도 청성파의 제자를 해칠 수 없습니다."

"사천 밖으로 나가면?"

"그 생각은 안 해 봤는데요. 아직 스승님께선 제가 사천 밖으로 나갈 때가 안 됐다고 하셨거든요."

진자강은 실소했다.

자신과 너무 비교되어서였다.

오직 복수만을 생각하며 와신상담(臥薪嘗膽).

팔 년간 잠자는 시간까지 아껴 가며 굴을 팠으며, 썩어 가는 시체들 틈에서 자야 했고 가르쳐 줄 사람이 전부 죽어서 뜻도 모를 글귀들을 무작정 외우며 버텼다.

진자강은 혼자서 생존을 터득해야만 했다.

그것은 오직 진자강이 백화절곡이란 작은 약문에 속해 있다는 이유 때문이었다.

하지만 거대 문파의 제자들은 전혀 상황이 달랐다.

어미가 새끼를 보호하듯 문파가, 스승이 그들을 지켜 주었다. 혼자서 충분히 사냥할 수 있을 때까지 울타리가 그들을 감싸 주었다.

그래서인지 그들은 외부의 위협에 대해 다소 둔감한 듯 보였다. 물론 그 둔감함으로도 충분히 위험을 이겨 낼 수 있는 무공을 갖고 있다는 것이 그들의 장점이었다.

진자강은 부러웠다. 그런 문파의 태생이라는 것이. 힘들 때 의지할 수 있는 문파와 식솔들이 남아 있다는 것이.

"……!"

진자강은 생각 중에 갑자기 운정이 자기의 얼굴 앞으로 얼굴을 들이밀어서 깜짝 놀랐다.

"뭡니까?"

"혹시…… 저 걱정해 주신 겁니까? 누가 암습할까 봐요?"

운정은 놀란 듯한 표정을 지었다.

"역시 도우는 좋은 사람입니다."

진자강은 어처구니가 없어서 '하하' 웃었다. 헛웃음이

나왔다. 저 순박해 보이는 도사는 과연 무슨 기준으로 자신을 좋은 사람이라 하는 걸까.

헛웃음이 나올 뿐이다.

단령경이 말했다.

어진 호랑이가 되고 신룡한 용처럼 행동하라고.

인호닉조 신룡은린.

그건 아무래도 진자강과 거리가 멀다. 진자강은 인호도 신룡도 아닌 그저 복수에 미친 광견일 뿐이다.

거대 문파의 제자들이 안락하게 성장해서 위기에 둔감하다면, 그 둔감함마저 약점으로 이용해서 끝까지 복수에 성공할 것이다.

그게 지옥을 뚫고 올라온 수라가 할 일이다.

이미 진자강의 발톱은 수라의 그것처럼 지독하게 살을 찢고 튀어나와 있어서 부러지거나 닳아 없어질 때까지는 절대로 감출 수 없을 터였다.

*   *   *

운정은 아예 대놓고 진자강을 졸졸 쫓아다녔다.

기본적으로 사람이 솔직하고 악의가 없는 편이나, 악의가 없이 툭툭 튀어나오는 선의가 가끔 거슬릴 때가 있었다.

예를 들어,

"어째서 사람들을 그렇게 많이 죽이고 다니셨습니까. 아무리 봐도 도우는 그럴 만한 사람으로 보이지 않는데요."

라고 대놓고 묻기도 했다.

"제가 한 일과 아닌 일이 구분되지 않아서 그렇게 알려진 모양입니다."

진자강의 대답에 운정은 정색했다.

"스승님이 제게 거짓말을 하셨을 리가 없습니다!"

하여 진자강이 더 이상 말이 통할 것 같이 않아서 포기하고 있으면 슬그머니 다가와 다시 말을 거는 것이었다.

"그런데 지금 한 말씀이 사실입니까? 그게 사실이라면 제가 스승님께 말씀드려 보겠습니다."

"말씀드려도 달라질 건 없을 겁니다."

"저희 스승님이 한다고 하면 또 하시는 분이거든요. 딴분들과 달라요. 아주 정의가 넘치시고 협의를 숭상하시며, 단점이라면 화를 참지 못하는 성격이시긴 한데……."

진자강은 이미 운정의 스승이 누구인지 들었다.

현 청성파 장문인의 사제인 복천 도장이라는 무인이다. 성격이 워낙 괄괄하고 자존심이 무쇠보다 곧아서 어지간해서는 언쟁에서조차 지는 일이 없다고 했다.

청성파가 무림총연맹에 가입하지 않은 이유도 복천 도장

때문이라는 말이 있을 정도였다.

"제 말을 들어 주시면 좋겠으나, 믿지 않게 되면 사태가
더 나빠질 겁니다."

"하기야……."

운정이 바로 납득했다.

"스승님이 맘에 드는 사람에겐 잘해 줘도 그 외에는 가
차 없으니까 도우의 걱정도 이해가 됩니다. 그런데 어떻게
도우는 그리 핵심을 잘 파악하십니까? 저는 눈치가 없다고
매일 혼이 나는데…… 스승님이 너는 제대로 할 줄 아는 게
없으니까 시키는 거나 잘하고 무공 수련 열심히 하라고 매
일 그러십니다."

사실은 그게 더 두려운 일 아닌가. 청성파 장문인의 사제
쯤 되는 사람이 무공 수련이나 하라고 부추긴다는 건 그만
한 재능이 있다는 뜻이니 말이다.

"제가 말이 너무 많지요? 사파 사람과는 얘기를 처음 해
보니 신기해서 그런 것 같습니다."

"사파 아닙니다."

"에이, 사파의 장원에서 나오는 걸 제가 봤는데요."

"청성파 전각에서 나오면 청성파의 제자입니까?"

"어? 그것도 그러네요. 거참 희한하네. 하긴 전 지난달
에 처음 청성산을 내려왔는데 그 전까지 사파인을 본 적이

없거든요. 그래서 사파라고 하면 무시무시하게 생긴 마귀인 줄 알았습니다. 하핫."

운정은 그 후에도 수다를 쉬지 않았다.

"시주는 왜 다리를 저는 겁니까? 태어날 때부터 장애가 있었습니까?"

"이제 살인은 그만하실 거지요? 자꾸 살인을 하면 그 죄를 살아서 갚기가 어렵습니다."

"그런데 무슨 무공을 쓰십니까? 여태 무공 쓰는 걸 거의 못 봤네요. 아, 이런 질문은 실례가 되는 거겠군요, 원시천존."

늘 주변을 경계하고 주위 사물들의 위치와 종류를 파악해 놓으며 미리 싸움을 대비해야 하는 진자강에게는 굉장히 피곤한 일이었다.

운정 덕분에 드러내 놓고 수련을 제대로 하지 못한다는 것도 다소 힘든 부분이었다.

그나마 대읍을 떠날 때까지는 운정 덕에 당가와 아미파가 드러내 놓고 나서지 못한다는 것이 다소의 위안은 되었다.

"아 참, 그런데 정말 궁금한 게 하나 있습니다. 어제 객잔에서 당문의 분이 밥에다 독을 섞었잖습니까? 만약에 제가 안 먹었으면 어쩌실 뻔했습니까?"

당연히 먹어도 무방하니까 그냥 먹었을 것이다.

진자강은 편복이 생각나 그의 말을 인용해 대답했다.

"세상을 오래 살아 지혜로우신 분이 있는데, 그분이 제게 조언해 주셨습니다. 당가 사람과 얽히지 말고 무조건 모른 척하라고. 그래서 그냥 모른 척 먹으려 했습니다."

"윽! 독이 들었는데요?"

"독이 든 걸 먹는 게 당가 사람과 얽히는 것보다 낫다는 거겠죠."

"와하핫!"

운정은 폭소를 터뜨렸다. 당가에 대해서는 대부분 사람들의 인식이 비슷한 듯했다.

"그런 혜안을 가진 분이 있다니. 저도 한번 기회가 되면 뵙고 싶네요."

"제가 온 장원에 가면 만날 수 있습니다."

그런데 그 순간 운정의 표정이 이상해졌다.

"윽? 정말요?"

진자강은 운정을 쳐다보았다.

운정이 도호를 중얼거리면서 진자강의 눈치를 보았다.

"무슨 일입니까?"

"어, 음. 아니 그게…… 그러니까…… 아아! 이걸 얘기해도 되는지 아닌지 모르겠습니다! 스승님께서 그것까진

말 안 해 주셔서!"

진자강은 직감했다.

장원에 무슨 일이 있다는 걸.

"말해 주십시오."

그러나 운정은 호락호락 입을 열려 하지 않았다.

"안 됩니다. 제가 말을 해도 되는지 아닌지 모르겠습니다."

그러자 진자강은 운정을 내버려 두고 갑자기 숲으로 가 구덩이를 파기 시작했다. 운정이 호기심을 갖고 따라왔다.

"뭐…… 하십니까?"

"토굴을 파고 있습니다."

"네? 갑자기 왜 토굴을요?"

"여기서 한 삼 년쯤 자리를 잡고 살아 보려고 합니다만."

"네엣?"

운정은 당황했다.

"저는 대읍을 벗어날 때까지 지켜보라는 명령을 받았는데! 도우가 여기서 삼 년을 있으면 저는 어떡하고요? 이번 일만 잘 해내면 강호에 내보내 주신다고 하셨단 말입니다."

"그럼 말해 주겠습니까? 장원에 무슨 일이 생기는지."

진자강은 운정을 힘주어 쳐다보았다.

운정은 한참을 고민했으나, 여기서 삼 년을 있을 수는 없
는 모양이었다.

"아이 참. 실은……."

*   *   *

광서 남단.

계림 노채산(老寨山).

태고에 땅 위에 솟아났던 이빨처럼 길쭉한 온갖 희한한
모양의 봉우리들이 이강을 끼고 솟아 있는 별천지 같은 곳.

단령경은 노채산 정상의 약속 장소에 작은 가마를 타고
광두 형제와 함께 도착했다.

정상의 팔각정(八角亭)에는 망료에 있었다. 이미 안쪽에
작은 술상까지 봐 놓은 채로 기다리는 중이다.

망료가 천연덕스럽게 포권하며 안으로 오라 권했다.

"일전에는 실례가 많았소이다. 따뜻하게 술을 데워놨으
니 이리 와서 한잔하시오."

그러나 단령경은 팔각정을 오르지 않았다.

팔각정 옆, 거적을 덮은 들것과 들것을 붙들고 서 있는
두 명의 일꾼 쪽에 시선을 주었다.

"무슨 수작이지?"

"미리 서신으로 알려 두지 않았소? 진가 아이와 백리권을 교환하자고."

"그러니까 왜 갑자기 마음이 바뀌었느냐 묻는 것이다."

"마음이 바뀐 건 없소. 처음부터 나는 백리중이 마음에 들지 않았고, 거기서 진가 놈을 살리기 위해 가장 효율적인 방법을 택한 거요. 내가 진가 놈을 데려가면 살릴 자신이 없었거든."

망료가 단령경 쪽을 휘휘 둘러보았다. 단령경은 뚜껑이 없는 가마를 탔고 그 가마를 광두 형제가 들고 있었다.

"그런데 진가 놈은 어디 있소이까? 설마하니 여기까지 맨손으로 오셨을 리는 없고."

"보다시피 빈손이다."

"으응? 그건 좀 실망스러운 선택이구려."

"본인은 말을 자주 바꾸는 자를 신뢰하지 않는다."

"선랑이 나를 잘못 보신 거요. 나는 거짓말이라는 걸 모르는 사람이오."

망료가 손짓했다.

죽립을 쓴 일꾼 둘이 들것을 두고 물러났다.

"보시오. 내가 거짓말을 했는지 안 했는지."

"죽었나?"

"직접 보시오. 약속도 지키지 않은 사람에게 계속해서

친절을 베풀긴 매우 힘들군. 약속을 안 지킬 거면 뭐하러 여기까지 온 건지, 원."

망료가 투덜거렸다. 단령경이 가마에서 사뿐히 내려 들 것으로 갔다.

"아아, 가만."

망료가 갑자기 지팡이를 짚고 팔각정을 내려왔다.

뚜걱, 뚜걱.

"그럼 이렇게 합시다. 내가 최대한 양보할 테니, 진가 놈이 어디에 있는지만 얘기해 주시오. 그 정도는 해 줄 수 있겠지."

"나는 동료를 팔지 않는다."

"동료?"

망료가 크게 웃었다.

"껄껄껄! 역시 그랬군! 녀석이 산동요화가 키워 낸 살인 귀라더니, 그 말이 틀리지 않았어."

"뭐라고?"

망료가 상황에 맞지 않는 이상한 소리를 해서 단령경은 의아해했다.

하지만 더 물을 새도 없이 망료는 귀찮은 파리를 쫓아내 듯이 손을 휘저었다.

"가시오. 빈손으로 왔고 성의도 보이지 않으니 우리의 거래는 여기서 끝났소이다."

단령경의 미간이 찌푸려졌다.

"고의적으로 본인에게 모멸감을 주고 있군."

"모멸이고 나발이고 물건을 거래할 준비가 안 됐잖소이까!"

망료가 성을 냈다.

"경우 없이 굴지 말고 와서 술이나 한 잔 마시고 돌아가든지, 아니면 그냥 썩 꺼지시오."

분노한 광두 형제가 나서려 했다. 단령경이 손을 들어 말리며 앞으로 걸어갔다.

그러더니 들것에 얹은 거적을 들춰 보았다. 그 아래에는 죽은 듯 미동도 없이 백리권이 눈을 감고 누워 있었다.

그리고 단령경이 고개를 드는 순간, 망료가 날아들었다. 망료가 지팡이로 단령경을 후려쳤다.

단령경이 코웃음을 쳤다.

"그 정도 실력으로."

무인답지 않은 고운 손을 들어 올려 한 손만으로 망료의 지팡이를 전부 밀어냈다.

타탁, 타타탁!

망료가 거꾸로 몸을 뒤집으면서 의족으로 단령경을 찼다. 단령경은 손바닥으로 의족을 간단히 밀쳐 내려 했다.

그런데 그 순간.

'화약 냄새!'

꽝!

망료의 한쪽 의족이 터지면서 수십 발의 작은 화살이 단령경에게 쏟아졌다.

반동으로 팔각정의 난간에까지 날아가 몸이 처박힌 망료가 난간에 팔을 걸치고 웃었다.

"껄껄, 망할 노인네 같으니. 어디가 최고의 장인이야. 이까짓 걸로는 쥐새끼 한 마리도 못 잡겠네!"

매캐한 연기가 자욱하게 퍼졌다.

단령경은 어깨에 두르고 있던 피견을 팔에 둘둘 말아서 앞을 막았다.

망료가 쏘아 낸 수전은 피견에 전부 막혔고 단령경은 단 한 발도 맞지 않았다.

하나 반보 정도는 밀려나 있었다. 그만큼 암기의 파괴력이 대단했다. 만일 직접 맞았다면 단순히 수전이 꽂히는 정도가 아니라 살을 찢고 뼈를 부쉈을 터였다.

단령경의 눈가에 스산한 살기가 맺혔다.

"처음부터 이럴 작정이었군."

망료가 난간에서 끙 소리를 내며 일어섰다.

"그냥 장난 좀 친 것이외다. 장난. 그리고 이것도 장난이고."

팡!

망료가 난간을 양손 장력으로 치고 그 반동으로 높이 뛰어올랐다. 폭발하지 않은 반대쪽 의족을 단령경에게 겨냥했다.

단령경의 고개가 자연스레 망료를 따라 위로 올라간 순간.

반짝.

폭발이 아니라 전혀 의외로 망료의 몸에서 빛이 났다. 망료에게서 뻗어 나온 빛이 단령경의 오른쪽 눈을 정통으로 비췄다.

단령경의 동공이 축소되었다. 오른쪽 시력이 완전히 사라졌다. 단령경은 왼쪽 눈으로 망료의 손에 동경(銅鏡)이 들려 있음을 보았다.

그 의미는?

단령경이 본능적으로 오른팔을 휘저어 사각지대인 우측을 보호하며 몸을 피했다.

싸악.

그러나 오른쪽 팔이 통째로 무감각해지면서 어깨만이 앞으로 움직였을 뿐이었다. 단령경의 오른팔은 허공에 그대로 떠 있었다.

한줄기 맑은 서리가 공간을 단절하고 있었고, 그 경계의 양쪽으로 단령경의 오른쪽 어깨와 팔이 점점 멀어져 가고 있었다. 오른쪽 팔에 둘렀던 피견도 반이나 잘려 나가며 너풀거렸다.

이어 어깨에서 느껴지는 묵직한 열감.

"영주님!"

광두 형제의 외침.

오른쪽 팔이 있던 자리에서 치솟는 피!

들것에 누워 있던 백리권이 검을 하늘로 치켜 올리고 있었다.

그나마 어깨를 돌리지 않았다면 몸이 반으로 갈렸으리라!

단령경은 몸을 돌리며 백리권의 가슴에 왼손으로 일장을 날렸다.

펑!

백리권은 검을 회수할 틈도 없이 팔을 허우적거리며 뒤로 밀려났다. 거의 대여섯 걸음이나 밀려나서 무릎을 꿇었다.

백리권이 검을 바닥에 꽂고 울컥 피를 토해 냈다. 갈비뼈 있는 부분이 움푹 패었다.

백리권은 억울해하지 않았다. 여의선랑을 상대로 팔 하나를 거두고 갈빗대 세 개쯤 내준 것은 절대 손해 볼 일이 아니었다.

하지만 거기서 끝난 게 아니었다.

아직 망료가 허공에서 내려오지 않고 있었다.

"장난이야, 장난."

망료가 웃으면서 의족의 장치를 격발시켰다.

꽝!

공중에서 수십 발의 수전이 단령경에게 퍼부어졌다. 그 대가로 망료는 다시 허공에서 뒤로 날려가 버렸다.

단령경은 급히 남은 왼팔에 피견을 감아 휘둘렀다.

퍼퍼퍽!

아까와는 상황이 달랐다. 몇 대의 수전이 단령경의 방어를 뚫고 몸을 스쳐 지나가 바닥에 틀어박혔다.

"크윽!"

단령경이 이를 악물었다. 피견에는 구멍이 숭숭 뚫렸고, 복부와 다리에도 여러 개의 상처가 났다. 강력한 수전의 위력이 순식간에 단령경을 피투성이로 만들었다.

광두 형제가 단령경을 보호하기 위해 달려갔다.

들것을 가져왔던 두 일꾼이 광두 형제에게 죽립을 벗어 던졌다. 내공이 담긴 죽립은 칼날이 붙은 원반이나 다를 바가 없었다. 광두 형제가 짧은 쇠몽둥이를 꺼내 죽립을 쳐 냈다.

까강! 불꽃이 튀었다.

일꾼 둘은 제갈명과 제갈손기였다. 제갈손기가 칼을 뽑아 들고 광두 형제를 맞상대했다.

단령경은 극도로 분노했다.

으드드득!

맹수 같은 눈으로 백리권을 노려보았다. 한쪽 눈의 시력이 회복되지 않아서 양쪽 눈동자의 동공 크기가 달라 섬뜩했다.

"역시 백리가의 더러운 피를 이어받은 게 확실하구나! 백리가에서는 사람을 기습하라 가르치더냐!"

백리권도 이를 갈았다.

"닥쳐라, 사파의 요녀! 그대가 키운 살인귀 때문에 내 약혼자가 죽었다. 그래 놓고 자비를 바라는가! 그대의 목을 베고 그 뒤에 사갈독왕의 목을 베어 연 소저의 혼을 위로할 것이다!"

그제야 망료가 살인귀니 뭐니 이상한 소리를 한 이유를 깨달은 단령경이었다. 그러나 지금 그것을 따져봐야 아무 소용이 없다.

"그래서 네 친부를 죽인 자를 아비라 부르는 것이냐?"

단령경의 짧은 조소에 백리권은 몸을 움찔거렸다.

"그건 양부를 모함하기 위해 세간에 떠도는 소문일 뿐이다! 나의 부친께선 병사하셨다!"

백리권의 아비는 양부인 백리중의 사촌 동생이었다. 일부에서는 백리권의 무재를 탐낸 백리중이 친부를 죽였다는 소문이 돌았다.

"살인귀를 본 녀가 키웠다는 것은 소문이 아니더냐!"

"닥쳐라!"

그때에 제갈명이 단령경에게 달려들었다.

제갈명이 부채를 펼쳐 그었다. 허공에 여러 개의 검기가 생겨났다.

분노한 단령경이 내공을 최대한 끌어 올리며 땅을 박찼다.

퍼엉! 치솟아 오른 흙먼지를 검기가 베고 지나갔다.

"일전에는 본 녀가 아량을 베풀었음을 모르는구나!"

단령경이 허공에서 몸을 회전시키며 피견과 손을 동시에 뻗었다. 장력 여러 발이 장대비처럼 날아갔다. 제갈명이 부채를 접고 섭선으로 장력을 두들겨 때려 상쇄시켰다.

따다다당! 땅!

하지만 그 가운데를 한껏 뒤틀려서 꼬인 피견이 뚫고 지나갔다. 피견이 뱀처럼 제갈명을 따라갔다. 제갈명이 대경하여 뒷걸음질을 치면서 꼬인 피견의 자락을 마구 두드렸다.

따다다다닥!

겨우 피견에 담긴 힘이 상쇄됐다. 피견의 꼿꼿함이 사라지고 힘없는 천이 되어 허공에서 흔들렸다.

"추악한 자. 제갈가에서는 본 녀에 대해 이미 알고 있었지?"

제갈명의 머리 위에서 단령경의 싸늘한 목소리가 들려왔다. 제갈명의 몸 위로 그림자가 드리워져 있었다. 뒤로 달아나던 제갈명을 단령경이 공중에서 따라온 것이다!

제갈명이 철판교의 수법으로 몸을 뒤로 눕히며 부채를 휘두르려 했다. 그러나 단령경의 손바닥이 먼저 제갈명에게 떨어졌다. 제갈명은 섭선에 팔뚝을 대고 위로 올려 막았다. 단령경의 손바닥이 섭선을 때렸다.

콰아앙!

제갈명은 그대로 바닥에 파묻혔다.

"크어억……."

등뼈가 으스러지는 것 같았으나 제갈명은 통증이 느껴지자마자 몸을 옆으로 틀었다.

쾅!

단령경의 왼손이 다시 한번 바닥을 쳤다. 흙이 비산하고 돌멩이가 튀었다. 만일 양손을 쓸 수 있었다면 두 번째 장력은 피하지 못했으리라!

"죽어랏, 요녀!"

백리권이 제갈명을 보호하기 위해 단령경에게 달려가며 검을 휘두르려 했다.

천인신……!

하지만 검에 채 내공을 담기도 전에 단령경이 슬쩍 돌아본다 싶더니, 눈 깜짝할 사이에 백리권의 바로 앞에 나타났다. 달려가던 백리권과 부딪칠 정도로 가까이에 근접했다. 단령경의 가공할 신법에 놀란 백리권이 가까스로 멈췄다.

그러나 멈추지 않았으면 죽는 것은 백리권이 되었을 것이었다.

백리권의 검이 단령경의 맨손에 잡혀 있기 때문이다.

"까불지 마라. 애송이. 감히 내 앞에서 천인신검을 써?"

단령경은 살기를 감추지 않고 왼손에 힘을 주었다. 백리권은 자신의 검으로부터 흘러드는 막대한 내력을 감지했다. 백리권이 이를 악물고 양손으로 검을 잡아 내공으로 대항했다.

단령경의 내공이 노도처럼 밀려가 백리권의 내공과 마주쳤다.

펑.

뭔가 터지는 소리가 검신에서 흘러나왔다. 검신이 '쨍' 하고 울렸다.

째앵째애앵!

그 소리는 점점 백리권의 쪽으로 이어져 가고 있었다. 검신의 떨림이 심해졌다. 백리권의 얼굴에서 비 오듯 땀이 흘렀다. 백리권은 온 힘을 다해 단령경의 내가장력을 막아 내는 중이었으나 점점 밀리고 있었다.

검은 이제 눈에 보일 정도로 떨렸다.

픽!

결국 백리권의 손등에서 핏줄이 불거지며 기혈이 터지고 피가 튀었다. 이제 단령경의 내가장력이 심장까지 도달하는 건 금방이다!

뚜— 걱!

"거기까지. 이 이상은 안 돼."

단령경의 뒤에서 망료가 지팡이를 짚으며 달려오고 있었다.

"그 친구를 죽이면 이 늙은이가 돌아갈 데가 없어진단 말이지."

망료의 양다리 의족은 이미 무릎 부근에서 다 터져 나가 있었다. 그런데도 목발 한 자루로 땅을 짚으며 엄청난 속도로 달려오고 있었다.

단령경은 아주 잠깐 갈등했다. 이대로 백리권을 죽일 것인가, 아니면 망료를 막아야 할 것인가.

하지만 백리권을 죽이는 건 목적이 아니다. 백리권을 죽임으로써 그자에게 고통을 주려는 게 목적이다. 여기서 백리권과 함께 죽어 봐야 의미가 없다.

단령경은 백리권을 발로 차 버리고 허리를 돌려 망료를 마주했다. 단령경의 왼손과 망료의 오른손이 손바닥끼리 마주쳤다.

떠어엉!

단령경과 망료의 손바닥이 부딪치면서 서로의 손이 반발로 반 치가량 튕겨졌다.

부르르르르.

둘의 손바닥이 격렬하게 떨렸다. 뜻밖에도 단령경의 예상과 달리 망료는 별로 밀리지 않았다. 바닥을 짚은 목발이 두 뼘이나 땅에 박히긴 했어도 격차가 눈에 띄게 난다 싶은 정도는 아니었다.

단순한 간자라 치부하기에는 실력이 너무 강했다. 단령경이 얼얼한 왼손을 회수하며 망료를 쳐다보았다.

눈의 실핏줄이 터지고 드러난 팔의 기혈들이 불끈 솟아 있었다. 입가에도 슬쩍 선혈이 내비친다.

비정상적인 공력 운용에 의한 부작용이다.

"그것, 설마 광혈천……."

"거, 그렇게 한가하게 입을 놀릴 시간이 없을 텐데?"

망료가 눈짓을 했다.

바닥에 처박혀 있던 제갈명이 몸을 피해 달아나 있었다.

제갈손기는 아직까지 광두 형제와 싸우고 있었으나, 이 대일로도 우열이 가려지지 않는 중이었다.

그러고 보니 제갈명이 이곳에 와 있다는 건 그가 데리고 있던 무사들까지 와 있다는 것이다.

구궁팔괘진!

이들이 노채산에 구궁팔괘진을 펴기 위해 시간을 끌었다는 의미다.

망료는 손을 한 번 맞대 놓고는 다시 싸울 생각이 없는지 느긋하게 말했다.

"천하의 여의선랑을 잡는 일이 참으로 녹록지 않구려. 예상은 했지만."

단령경은 망료를 노려보았다.

"도대체 그쪽의 목적은 뭐지?"

"선랑의 목적과 비슷할 것이외다. 대상은 다르지만 우리 둘 다 한 사람을 그리워한다는 것은 같지."

망료가 이를 드러내고 웃었다.

"가, 감히……."

단령경은 이제껏보다 훨씬 더 강한 살기를 내뿜었다. 어마어마한 살기가 노채산 정상을 뒤덮었다.

"저런…… 내가 역린을 건드렸나 보군."

망료는 목발까지 놓고 뒤로 몸을 날려 물러섰다.

광두 형제가 싸우다 말고 단령경에게로 달려왔다.

"영주님!"

단령경은 겨우 이성을 찾았다. 광두 형제가 산 아래를 가리켰다.

많은 수의 무사들이 노채산을 포위한 채 다가오고 있었다.

망료는 팔각정의 부서진 난간에 앉아 어깨를 으쓱했다.

"살펴 가시오."

단령경은 망료를 노려보았다. 하나밖에 남지 않은 왼손을 들어 망료를 가리켰다.

아무 말도 없이 그렇게 손가락으로 가리키고, 노려보는 것만으로도 일반 사람은 오줌을 지렸을 터였다. 하나 망료는 태연하게 술병을 들어 마시기까지 했다.

단령경은 멀리 피해 있는 제갈명과 제갈손기, 백리권을 차례로 돌아본 후 눈을 감고 호흡을 골랐다.

"가자."

광두 형제가 고개를 끄덕이더니 가마를 가져왔다. 단령경이 가마 위에 올라섰다. 둘이 가마를 짊어지고 힘껏 달려서 절벽을 뛰었다. 절벽 아래에는 이강이 흐르고 있다.

절벽의 아래 부근에 이르자 단령경이 먼저 가마를 밟고 뛰었고 광두 형제도 차례대로 뛰어내렸다.

풍덩!

물기둥이 한참이나 위까지 튀었다.

제갈명과 제갈손기가 절벽 아래를 내려다보았다. 제갈손기가 망료를 쳐다보며 불만스럽게 말했다.

"달아나지 못하게 잡았어야지!"

망료가 목이 타는 듯 벌컥벌컥 술을 들이켰다.

"이보시오!"

"어허, 거참. 성격도 급하시네."

망료가 자신의 발아래 부서진 의족을 손으로 탁탁 쳤다.

"이걸 어디서 만들었는지 아시오?"

"그걸 누가 만들었든 무슨 상관이오! 조금만 잡아 뒀으면 강 아래까지 전부 우리 진의 영향에 들어왔을 것인데!"

"그 전에 뒈지게?"

"뭣이?"

"방금 나 아니었으면 우린 다 뒈졌소. 팔 하나 없다고 이긴 줄 아네. 여의선랑의 특기는 장법이 아니라……."

망료가 잠시 말을 끊었다가 계속했다.

"뭐 아무튼 내 의족의 장치를 만든 게 당가요, 당가. 당가의 장인이 만든 수전이었소. 그게 무슨 의미인 줄은 알겠지?"

망료가 씨익 웃었다.

"이제 우리는 느긋하게 기다렸다가 선랑의 시체만 주워 오면 되는 것이올시다."

*　　　*　　　*

"말씀하신 그 장원을 공격하기로 했습니다."

진자강은 운정의 말을 믿을 수가 없었다.

소소와 편복이 있는 장원이 공격을 당한다고?

"이유가 뭡니까?"

"사파의 중요한 인물들이 오가는 장원이라 이참에 소탕한다고 합니다."

"대읍에선 청성과 당가와 아미가 서로 무력을 쓰지 않는다 들었습니다."

서로에게 주도권을 넘겨주기 싫어서 아예 전부 손을 놓은 곳이 대읍이다. 하여 대읍은 일종의 무풍지대(無風地帶)였다. 그런데 갑자기 공격 선언을 한 것이다.

"그래서 이번 일에는 무림맹 산하의 문파들이 움직인다고 했습니다. 아미파에서 한 분 정도만 참관하고 저희는 나서지 않는 것으로……."

운정이 멋쩍게 웃으면서 도관 아랫머리를 긁었다.

"역시 도우에게는 듣기 편한 얘기가 아니었지요?"

진자강은 잠깐 고개를 숙이고 생각하다가 운정을 쳐다보았다.

"사람이 죽는 일을 듣기 좋거나 편하다는 말로 넘길 수는 없습니다."

"어, 여전히 적응하기 어려운 말이로군요. 다른 사람도 아니고 살인귀라고 불리는 도우가 그런 말을 하니까요."

진자강은 운정의 말투에서 과거의 자신을 느꼈다.

기시감.

진자강은 단령경에게 지금의 운정과 똑같은 의미의 말을 한 적이 있었다.

사람들이 사파에 대해 안 좋은 소문을 괜히 믿겠느냐. 당신들이 한 짓이 있으니 그런 거겠지, 라고 말이다.

그때에 단령경이 대답했다.

굳이 우리를 옹호하지는 않겠네만, 명암(明暗)은 어느 쪽이든 있는 걸세.

세상의 명암…….

편복도 말했었다. 세상이 돌아가는 사정은 매우 복잡하다고. 그 안에서 옳고 그름을 이해하는 데에는 굉장히 정치적인 셈이 필요하다고.

그 말을 이제야 조금은 이해할 수 있을 것 같았다. 하다 못해 사파의 안가 하나를 치는 데에도 수많은 사정이 얽혀 있는 것이다.

진자강이 운정에게 물었다.

"그로 인해 청성파가 얻는 건 뭡니까."

운정은 눈을 끔벅거리다가 대답했다.

"저는 그런 걸 모릅니다. 스승님께서 명하시는 대로 할 뿐입니다."

"잘 알겠습니다."

진자강은 파다 만 토굴에서 나왔다. 그러더니 그 앞에 서 있는 운정에게 경고했다.

"제가 떠날 때까지 움직이지 않는 게 좋을 겁니다."

"예?"

"움직이면 생명을 장담 못 합니다."

운정은 주변을 살폈다. 앞의 마른 덤불이 수상했다. 손가락으로 문질러 보자 잘 보이지 않는 색의 가루가 손가락에 묻어 나왔다. 독 가루가 사방에 뿌려져 있었다. 조금만 움직여도 가루가 풀풀 날려서 흡입하지 않을 수가 없었다.

"하아, 또 언제."

내내 붙어 있다가 토굴을 팔 때에만 잠깐 놓쳤었는데 그 사이에 독을 살포한 것이다.

짧은 틈에도 이렇게 독을 살포해 놨으니, 떠나는 동안 기다려 주면 또 어떤 식으로 사라질지 모르는 노릇이다.

숨을 참고 움직이면 되겠지만 그러자면 싸워야 하는 건 확실하고.

"여로의 독입니다. 이미 소량을 흡입했을 겁니다. 속이 메스껍고 침이 흐르며 땀이 나면 즉시 돌아가서 양파와 돼지비계로 낸 기름을 차와 함께 복용하십시오."

운정은 정말 진자강의 말처럼 속이 불편하고 입에 침이 고였다. 살짝 땀도 났다.

어지간한 독은 충분히 정종의 내공으로 이겨 낼 수 있다. 그런데도 이 정도로 독성이 강하다는 건 엄청난 독기가 농축되어 있다는 뜻이다.

운정은 복잡한 표정으로 떠나려는 진자강을 쳐다보았다.

"그러지 마십시오."

운정의 만류에 진자강이 대답했다.

"도사는 은인의 위험을 모른 척 팽개칠 수 있습니까?"

진자강이 자신의 가슴을 열어 붕대를 들고 상처를 보여 주었다. 열십자로 갈린 상처엔 아직까지도 피딱지가 붙어 있었다. 한눈에 보기에도 날카로운 검기에 잘린 깊은 상처다.

"그곳에 죽어 가는 나를 돌봐 준 소저가 있습니다."

"하아…… 그래도 안 됩니다. 도우가 대읍을 나갈 때까지…… 아니 정확하게는 도우가 장원으로 돌아가지 못하도록 막는 게 제 임무입니다."

진자강은 가려다 말고 돌아섰다. 분위기가 달라져서 맹수 같은 눈빛이 되어 가고 있었다.

"막겠다는 뜻입니까."

운정이 한숨을 쉬었다.

"제가 말했지요. 도우는 정말 좋은 사람입니다. 그냥 독을 쓰고 갔어도 됐을 텐데, 굳이 경고를 해 줬지요. 하지만 보내드릴 수는 없습니다."

운정이 품에서 왼손으로 작은 종을 꺼냈다. 손잡이 위에 세 개의 뿔이 달려 있는 한 뼘 반 크기의 제종(帝鐘)이었다. 도가의 의식에 사용하는 종으로 세 개의 뿔은 각각 옥청(玉淸), 상청(上淸), 태청(太淸)을 상징한다.

진자강은 운정이 왜 종을 꺼내 들었는지 이해하지 못했다. 주위의 사람을 부르려는 것인가 싶었다. 진자강이 소매에서 침을 뽑아 들 준비를 했다.

운정은 빤히 진자강을 보다가 고개를 끄덕였다. 그러나 그것은 움직이지 않겠다는 뜻이 아니라 공격하겠다는 의미였다.

운정이 제종을 흔들었다.

딸랑…….

그 순간 진자강은 머리카락이 쭈뼛 섰다.

이제껏 한 번도 경험한 적이 없던 충격이 머리를 강타했다.

가느다란 실이 귀로 들어와 뇌를 찌르고, 뇌 안에서 수백 배로 증식하여 터지는 것 같은 충격이 왔다.

머리가 어질하더니 정신을 차린 순간, 진자강은 이미 무릎을 꿇고 있었다.

"어?"

언제 무릎을 꿇었는지 기억이 나지 않았다. 잠깐 시야가 캄캄해진다 싶더니 중심을 잃고 넘어진 것이다!

진자강은 눈을 부릅뜨고 고개를 들었다. 운정은 제 자리에 가만히 서서 종을 들고 있을 뿐이었다.

운정이 말했다.

"움직이지 말아야 할 사람은 제가 아니라 도우입니다."

진자강은 몸을 일으켰다. 그러곤 뒤로 몸을 빼서 커다란 나무 뒤로 굴렀다.

"소용없습니다."

운정이 다시 종을 흔들었다.

딸랑…….

딸랑— 딸랑—

종소리가 사방으로 날아갔다. 마치 유형의 물체처럼 날아가다가 나무에 부딪치면 공처럼 튀어 다른 쪽으로 날아가고, 부딪치면 또 다른 쪽으로 튀었다.

진자강은 소리를 볼 수 없었지만 느낄 수 있었다.

'나를 찾고 있다!'

어떤 식으로 그게 되는지는 알 수 없었다. 그러나 사냥개를 풀어 놓은 것처럼 종소리가 진자강을 찾고 있다는 게 느껴졌다. 종소리가 퍼져 나가 수십 군데에서 종소리가 울리고 있었다.

딸랑딸랑딸랑딸랑딸랑딸랑딸랑딸랑딸랑딸랑.

그러다가 어느 순간.

찌릿!

진자강의 팔뚝 살갗을 타고 종소리 한 줄기가 스며들었다.

그 순간 진자강은 소름이 돋았다. 일순간 모든 종소리가 사라지고 정적이 찾아왔다.

"……."

그러더니 한 순간에 모든 종소리가 진자강에게로 쏘아졌다.

"으아아악!"

진자강은 귀를 막고 몸을 웅크렸다. 하지만 사방에서 쏘아지는 종소리는 진자강의 칠공을 파고들어 왔다.

"커억! 킥!"

엎드린 상태에서 코피가 뚝뚝 쏟아졌다.

누군가 계속 안에서부터 뇌를 잡아 흔드는 것처럼 머리는 어지럽고 눈알은 압력이 심해져서 터질 것 같았다. 무엇보다 머리 안에서 바늘 수천 개가 자라나서 밖으로 뚫고 나오려는 듯한 생소한 느낌의 고통이 진자강을 끔찍하게 괴롭혔다.

온갖 독에 중독되어 어지간한 고통은 모두 겪었다고 생각했는데 그게 아니었다.

"궤마기참(跪魔跽斬) 제종향령(帝鐘響鈴)."

이제 딸랑거리는 소리는 작은 방울이 아니라 거대한 타종 소리처럼 진자강의 머리를 울렸다.

뎅— 뎅— 뎅— 뎅…….

"종을 울려 마귀를 무릎 꿇리고 목을 벤다는 뜻입니다. 향령술은 음공의 일종으로서, 상대의 무공에 구애받지 않고 제압할 수 있다는 장점이 있지요. 특히나 도우처럼 독공을 쓰는 자에게 유용합니다."

"크윽!"

뚜둑, 뚝.

진자강의 코에서 떨어지는 코피는 더 심해졌다. 눈이 터질 것 같아 눈을 뜰 수도 없었다.

어느새 운정은 독분을 잔뜩 뿌려 놓은 장소를 나와 진자강의 앞까지 걸어와 있었다.

괴로워하며 웅크리고 있는 진자강의 앞에서 운정이 말했다.

"그래서 스승님이 저를 보내신 겁니다."

진자강이 침을 운정에게 던지려 했지만, 운정은 제종을 흔듦으로써 간단히 진자강을 무력화시켰다.

딸랑, 딸랑.

"으아아아악!"

진자강은 머리를 감싸고 몸을 뒤흔들었다.

운정의 목소리는 나지막했지만 단호했다.

"단 한마디만 하시면 멈춰드리겠습니다. 장원으로 돌아가는 걸 포기하고 '대읍을 나가겠다'라고."

진자강은 이를 악물었다. 터질 것 같은 눈을 치켜뜨고 운정을 노려보았다.

운정은 동요 없이 진자강의 살기를 받아넘겼다.

묵룡 백리권을 상대할 때와는 또 다른 느낌의 벽.

진자강의 눈앞에 이번에도 벽이 있었다.

진자강은 피로 젖은 입을 열어 말하고 싶었으나 머리의 뒤흔들림이 너무 심해 목소리가 나오지 않았다.

운정이 말했다.

"도우를 보내 주면 또 대량의 살상이 발생하겠지요. 그러니까 도우를 보내드리지 못합니다. 사천에서 그런 일이 벌어지는 것은 용납이 안 됩니다."

진자강은 분노했다. 온 힘을 다해 충격에 저항하면서 목소리를 냈다.

"사파의 인물은…… 죽어도 됩니까?"

"소수가 죽는 것이 다수가 죽는 것보다는 낫습니다."

"그 소수가……."

진자강은 이가 부서져라 깨물었다.

"내게는 당신들 수백보다 더 중합니다."

진자강은 억지로 호흡을 해 내공을 끌어 올렸다.

음공을 어떤 식으로 대항할 수 있는지는 모른다. 그러나 지금 할 수 있는 건 이것뿐이다.

진자강이 원하지 않았으며 어떤 식으로 발휘되는지도 모르는 광혈천공이 저절로 몸 안에서 일어났다. 작은 내공의 수레바퀴가 우반신 혈도를 타고 돌면서 점점 커지고 거세지기 시작했다. 진자강은 제한을 두지 않고 최대 속도로 광혈천공을 일으켰다.

순식간에 엄청난 속도로 내공이 돌기 시작했다. 평소보다 훨씬 더 빠르고 강력하게 내공이 불어났다.

투두둑.

핏줄이 불거지고 기혈에서 파열음이 울리며 실피가 새어나왔다.

이를 보던 운정의 표정이 살짝 찡그려졌다. 어쩐지 씁쓸해하는 표정이기도 했다.

"역시나 도우도 궁지에 몰리니 별수 없이 사파다운 방식을 쓰는군요."

딸랑.

딸— 랑!

운정이 제종을 흔드는 방식이 다소 바뀌었다. 아까는 날카롭고 뾰족하게 파고들어서 터지는 느낌이었다면 이번에는 느릿하고 부드럽다.

"도는 마치 물과도 같습니다. 물은 만물을 이롭게 하면서도 다투지 않고 낮은 곳에 있기를 좋아합니다. 유유히 흐르고 막히면 우회하더라도 끊이지 않습니다. 궤마의 방식 또한 이와 같아서 제종향령은 백 가지 종류의 마귀를 만나면 백 가지 방식으로 여전히 유효합니다."

종소리가 진자강의 내공에 영향을 주었다. 속도가 줄어들고 흐름이 느려지며 조금씩 힘을 빼앗아 갔다.

무력감이 찾아왔다. 아무리 용을 써서 내공을 일으키려해도 풀 죽은 것처럼 힘이 가해지지 않았다. 내공이 서서히 잦아들고 진자강은 무기력해져 갔다.

몸이 나른했다.

분노는 남아 있는데 감정 자체가 소실되고 있는 듯한 기분이 들었다.

진자강은 늪에 빠진 것처럼 팔다리를 허우적댔다. 힘을 주어 일어나고 싶었으나 힘이 들어가지 않았다. 주먹을 꽉 쥘 수도 없었다.

"헉…… 헉…… 헉…… 허억……."

숨 쉬는 것조차 힘이 들어서 숨마저 가빠졌다. 진자강은 무기력하게 바닥에 쓰러졌다.

눈꺼풀까지도 무거워지고 있었다.

"마음을 비우십시오. 분노를 비우고 살심을 비우고 의지를 비우십시오. 구여이자 청룡피 안병우백 호피호랑 남주작피 구설복현 무파질병…… 십일만지인역 직사자 월직사자 일직사자 태양성군 태음성군……."

운정이 도경을 외우며 계속해서 제종향령을 행했다.

진자강은 점점 눈이 감겼다.

듣도 보도 못한 이 기이한 음공, 혹은 도술이나 법술로 불러야 할 것이 진자강의 전신을 잠식해 갔다.

소소와 편복의 얼굴이 진자강의 뇌리에 스쳐 갔다.

진자강은 얼마 남지 않은 힘을 짜내어 운정의 반대쪽으로 기어갔다.

소리의 근원지인 운정에게서 최대한 멀리 벗어나려는 본능적인 움직임이었다.

"소용없습니다."

운정이 도경를 외며 계속해서 제종을 흔들었다.

"진인의 성은 노(路)이고 이름은 광이며 대안인데, 서촉 대녕군 황현 사람으로, 경사에 두루 통하였느니라. 혼원교 주노진군이요. 자는 효선이며 이름은 현으로 단양 사람인데 좌자로부터 구단금액선경을 받고 영보경, 통현경, 대통경을 전수받아 후세에 상청, 영보, 통신, 태일, 도탄제재법을 전하였느니라. 혼원교주갈진군 갈현이요."

딸랑…….

딸랑…….

진자강은 몸이 녹아서 땅바닥에 눌어붙는 기분마저 느꼈다. 바닥에 스며들어 한없이 몸이 꺼지는 것 같았다.

느릿하기만 했던 운정의 종소리가 점점 무거워져서 천근이 되어 진자강을 내리눌렀다. 진자강은 손가락 하나 까딱하는 것도 어려워졌다.

그런데 그때.

진자강의 눈에 희한한 것이 보였다.

뱀이었다. 몸의 옆선을 따라 새빨간 선이 두 줄 그어져 있는 것만 빼곤 살이 투명하여 속이 훤히 들여다보였다.

길이는 고작 두 뼘 정도에 불과했는데 얼마나 살이 투명한지 동그란 눈알이며 이빨과 이빨에 붙은 독샘, 누렇고 푸른 내장과 지네의 발처럼 둥글게 몸을 둘러싼 뼈가 고스란히 보였다.

쉬릭, 쉬리릭.

얼굴이 통째로 투명하게 보이니 빨간 혓바닥이 내밀어졌다 들어가는 모습도 그대로 보인다.

'꿈을 꾸는 건가…… 아니면 벌써 지옥으로 돌아가는 중인가.'

그러나 꿈이 아니라는 듯, 투명한 뱀이 기어와 진자강의 손가락을 물었다.

손가락에 불로 지진 듯한 극통(極痛)이 일었다. 진자강은 정신이 번쩍 들었다.

투명한 뱀의 독이 진자강의 몸을 파고들어 왼팔 팔꿈치 아래가 찢겨 나가는 듯한 아픔이 들었다. 그러나 거기까지였다. 거기서 독이 더 퍼지지 않는다.

투명한 뱀은 뭔가가 맘대로 되지 않는다는 걸 알았는지 이빨을 박아 넣은 채 몸을 마구 뒤틀어 댔다. 그럴수록 극통이 더 심해져서 오히려 정신이 멀쩡해지고 있었다.

오래전 오채오공의 기억이 겹쳐졌다.

진자강은 입을 크게 벌려 뱀의 허리를 물었다.

와작!

뱀의 뼈가 으스러지며 진자강의 이빨이 박히고 내장이 터졌다. 하지만 뱀도 진자강의 손가락을 물고 놓아주지 않았다. 진자강은 오른손으로 뱀의 턱 양쪽을 눌러 강제로 입을 벌리게 했다.

마비되어 감각이 없는 왼손으로 뱀의 독니를 눌러 부러뜨렸다. 부러진 독니가 있는 자리에서 방울지며 독액이 흘러나왔다. 진자강은 벌린 뱀의 입에 자신의 입을 대고 독을 빨아먹었다.

아니, 먹은 것이 아니라 독기를 흡수했다. 외단술과 내단술을 진자강의 방식으로 조합해 만들어 낸 연단법으로 혀 아래 현응혈을 통해 독기를 직접 단전으로 내려보냈다.

독기가 타고 이동하는 임맥이 불타는 듯 뜨거워졌다.

오랜만에 경험하는 어마어마한 독기.

몸에 축적하고 있던 얼마 되지 않는 여로의 독과는 비교하기 어려운 강렬함이 있었다.

뱀독이 단전으로 들어가면서 진자강은 전신이 후끈해지는 것을 깨달았다. 운정의 제종향령에 의해 속박되어 있던 신체가 깨어나기 시작했다.

진자강은 뱀의 독을 끝까지 빨아들여서 최대한 단전에 축적했다. 독을 빼앗긴 뱀이 몸을 뒤흔들며 난리를 쳤다. 진자강의 팔을 휘감았는데 피가 통하지 않고 팔이 부러질 정도로 힘이 강했다.

진자강은 뱀의 몸통 중간을 힘껏 깨물었다.

와직! 와직!

뱀이 버둥거리면서 팔을 풀고 서서히 늘어졌다.

진자강은 다시 한번 내공을 일으켰다. 백회로 받아들인 기에 뱀의 독이 결합하여 우반신을 돌기 시작했다.

순식간에 이마에서 땀이 나고 열기가 차올랐다.

틱, 틱, 틱.

사슬이 끊겨나가는 듯한 소리와 함께 진자강의 몸에 힘이 솟았다. 진자강은 한껏 광혈천공을 일으켜 내공을 극대로 부풀린 후 몸을 일으켰다.

"으아아아아!"

몸을 틀며 한 순간에 부풀린 내공을 쏘아 냈다.

분수전탄!

진자강이 쏘아 낸 지풍이 순식간에 운정의 손에 들린 제종을 직격했다.

째앵!

제종에 구멍이 나며 움푹 파이고 우그러졌다. 운정은 제종을 놓쳤다. 우겨진 제종이 허공에 떠올랐다가 바닥으로 떨어졌다.

운정의 입에서 한줄기 선혈이 흘렀다. 제종을 내공으로 울리고 있었기 때문에 본신까지 타격을 입은 것이다.

운정이 살짝 고통스러운 표정을 지으면서 손을 털었다.

진자강이 불같은 눈으로 운정을 노려보고 있었다. 야수가 되살아났다. 그것도 상처 입은 야수가 되어.

"하아……."

운정은 한숨을 쉬더니 조용히 도호를 외웠다. 그러곤 진자강이 아니라 그 옆으로 고개를 돌렸다.

"원시천존. 빈도는 청성파의 운정이라고 합니다. 도대체 어떤 고인(高人)이십니까?"

훗.

가볍게 웃는 소리가 들려오더니 두 명의 인물이 나타났다.

한 명은 일전에 만났던 당리심이고, 다른 한 명은 죽립을 깊게 눌러써 얼굴을 가린 이었다.

당리심이 비열하게 웃으면서 말했다.

"사람을 핍박하고 있기에 누군가 했더니 청성파의 도사였구려? 종소리가 시끄러워서 그냥 지나칠 수가 있어야지. 음?"

그러나 이내 당리심은 운정의 뒤에서 일어선 진자강을 보곤 어이가 없어져 입을 벌렸다.

"어, 어어이. 지금…… 입에 물고 있는 게……."

진자강이 투명한 뱀을 입에 물고 일어서 있었던 것이다. 당리심의 얼굴이 하얘졌다.

"저, 저게…… 어……?"

그 순간 당리심의 옆에 있던 죽립인이 큰 소리로 웃었다.

"하하하! 아하하하하!"

남자의 행색을 하고 있었으나 웃음소리가 엷고 날카로웠다.

"아아, 누가 사갈독왕이 아니랄까 봐."

죽립인이 키득거렸다.

"나는 솔직히 직접 보기 전까진 사람들이 사갈독왕에 대해 말하는 게 침소봉대라고 생각했거든. 하지만 오늘 보니 침소봉대가 아니었군. 사갈독왕, 아니 독룡. 독룡이라 불릴 만은 해."

죽립인이 진자강을 보고 물었다.

"이봐, 독룡. 네가 지금 입에 물고 있는 뱀의 이름이 뭔 줄 알아?"

으적으적.

진자강은 뱀을 씹으면서 죽립인을 쳐다보았다. 대답을 할 수 있는 계제가 아니었다. 살기가 들끓어서 억지로 진정시키는 중이었다.

죽립인은 진자강의 사정을 다 아는 것처럼 웃음기를 담고 말했다.

"청철혈선사(淸澈血腺蛇). 우리 당문에서 아끼는 독물 중 하나지. 어지간한 고수도 청철혈선사에 물리면 피가 끓어 죽어. 대신 독공을 익힌 자들에게는 천하에 둘도 없는 영약이 되지. 물론 청철혈선사의 독을 다스릴 수 있는 수준의 독공이 필요하지만. 멀쩡한 걸 보니 그 정도는 되는 모양이군?"

"그렇습니까?"

진자강은 뱀을 잡고 생으로 뜯어 씹었다.

찌이익!

으적으적.

당리심이 눈을 크게 뜨고 소리쳤다.

"청철혈선사가 얼마나 귀한 것인지 듣고도 감히!"

진자강은 자신이 청철혈선사에 물린 손가락을 보여 주었다.

"주인이 미물을 제대로 간수하지 못해 물렸군요."

"이이……."

당리심은 말을 채 잇지 못했다.

하나 죽립인은 태연했다.

"간수하지 못한 게 아니라 일부러 풀어 놓은 거야. 청성파의 도사를 곯려 주려고."

"그런데 내가 죽을 뻔했군요."

"죽어? 멀쩡한데? 천하의 독룡이 설마 뱀에게 물려 죽었다는 소리를 하려는 건 아니겠지?"

"함부로 독사를 풀어놓는 사람이 할 말은 아닌 것 같습니다. 독사에 물려 죽었으면 내 탓입니까?"

"당연하지. 죽으면 약한 자신을 탓해야지, 누굴 탓하겠어?"

진자강이 뱀의 머리통을 통째로 씹으면서 죽립인을 향해 이를 드러냈다.

"내가 당신을 죽여도 당신이 약해서라고 할 수 있는 겁니까?"

그 순간 죽립인이 소매를 휘저었다.

뻑!

진자강의 입에 매달려 있던 뱀이 산산조각으로 터져 나갔다.

죽립인이 조소했다.

"하찮은 음공도 당하지 못하는 주제에 잘난 척하지 말란 말이야. 건방지게."

그 말은 진자강은 물론이고 운정까지도 울컥하게 만들었다.

운정이 나섰다.

"이보시오! 당신이 당문의 사람이라면 무릇 본 청성의 행사에 관여하지 말아야 한다는 걸 잊었습니까!"

죽립인이 싸늘하게 말했다.

"시끄럽잖아. 닥치고 있어."

"네?"

운정은 너무 심한 말을 들은 탓에 자기가 말을 잘못 들은 줄 알았다.

죽립인은 운정을 무시하고 진자강에게 말했다.

"사실만을 짚어 보지. 너는 방금 도사에게 제압당해 잡혀갈 뻔했지. 그리고 나는 뱀을 풀었어. 물려 죽을 수도 있었겠지만, 어쨌든 음공에서 벗어났지. 안 그래?"

"그렇습니다."

"그럼 누구의 덕이지?"

죽립 아래로 살짝 보이는 죽립인의 입가에 왠지 미소가 어린 듯해 보였다.

"고맙다는 말을 듣고 싶습니까?"

"고마운 정도가 아니라 너는 내게 큰 빚을 진 거야. 청철혈선사와 네 목숨. 그 두 가지를."

진자강은 죽립인을 빤히 쳐다보았다. 그러나 죽립의 안에 숨은 죽립인의 표정을 읽을 수가 없었다.

"원하는 게 뭡니까?"

죽립인은 간결하게 대답했다.

"없어."

운정이 끼어들었다.

"이보십시오!"

죽립인이 진자강에게 말했다.

"그냥 독룡이라는 작자가 어떤 자인지 보러 온 거야. 생각보다 실망했지만, 한편으로는 감탄했다고 해 두지."

"……."

진자강이 대꾸했다.

"귀하의 평가를 원한 적은 없습니다만."

"독문에 몸담은 자가 사천에 와서 본 가의 평가를 받았으면 영광으로 알아야지."

"이보시라니까요!"

운정이 자꾸 끼어들자 죽립인이 귀찮은 투로 고개를 돌려 쳐다보았다.

"왜 자꾸 귀찮게 하는 거지?"

"저는 스승님의 명을 받고 이행 중이었습니다! 하지만 도우께서 방해하였으니 이만 물러가 주시기를 정중하게 요청드립니다. 만약 계속 방해하신다면 정식으로 당문에 항의하겠습니다. 도우의 존성대명을 밝히고 물러나십시오!"

죽립인이 죽립을 벗었다.

"당하란이다."

당하란은 상투를 틀고 영웅건을 둘러서 남장을 했지만 외모에서 여자라는 게 고스란히 드러났다. 눈빛이 날카로워 차가운 분위기를 풀풀 풍겨서 그렇지 예쁘장한 미모는 감춰지지 않았다.

운정이 멍하게 입을 벌리고 눈을 끔벅거렸다. 그러다가 당하란의 시선을 받고는 재빨리 인사했다.

"아…… 당하란 소저셨군요. 원시천존."

말투와 목소리가 아까와는 딴판이 된 운정이었다.

당하란이 코웃음을 쳤다.

"복천 도장께서 굉장히 재주가 좋은 제자를 들이셨다더니 그게 도사인가?"

운정의 표정이 밝아졌다.

"예, 그렇습니다. 제가 운정입니다."

당하란이 운정을 쳐다보자 운정이 똑바로 눈을 마주치지 못하고 어색하게 웃었다.

진자강은 옆에서 그들을 보고 있다가 조용히 돌아섰다.

운정이 놀라서 진자강을 붙들려 했다.

"이보세요, 도우! 가시면 안 됩니다!"

당하란이 말했다.

"놔둬."

"예? 그건 소저께서도 아시다시피 제가 명령을 받은 터라 제 마음대로 할 수가 없는 부분입니다. 그리고 이대로 독룡 도우를 놓아주면 큰일이 납니다."

당하란의 시선이 운정을 넘어 진자강에게 향했다. 진자강은 뒤돌아서 가려다가 멈춰 서서 고개를 돌렸다.

야수 같은 눈빛으로 불타는 듯 이글거리며 당하란을 똑바로 쳐다보았다.

"내게 고맙다는 말을 듣고 싶습니까? 그러면 나를 내버려 두십시오."

당하란의 눈썹이 살짝 떨렸다. 당하란은 갑자기 코웃음을 치더니 팔짱을 꼈다.

"좋아. 보내 주지. 아까의 청철혈선사 일은 눈감아 주겠어. 대신 이 건으로 너는 내게 확실히 한 가지를 빚지는 거야."

운정이 놀라서 당하란과 진자강을 번갈아 쳐다보았다.

"이보시오, 도우님들!"

당하린은 짧게 말했다.

"가 봐. 도사는 내가 잡고 있을 테니."

진자강에겐 선택의 여지가 없었다. 진자강은 당하린을 향해 살짝 고개를 끄덕이고는 돌아섰다.

운정의 막막한 표정이 원망스러운 듯 진자강의 뒷모습을 좇을 따름이었다.

第五章

자각(自覺)

　단령경은 가부좌를 틀고 있다가 앞으로 고개를 숙이며 바닥을 짚었다.

　울컥.

　입에서 선혈이 뿜어져 나왔다.

　광두 형제가 당황해서 어쩔 줄 몰랐다.

　단령경이 손을 들어 괜찮다는 표시를 하며 씁쓸하게 중얼거렸다.

　"당가의 독은 역시나 지독하군. 한동안 제대로 운신하지도 못하겠어."

　독뿐만 아니라 잘려 나간 오른팔도 치료가 필요했다. 점혈을 하고 외상약을 발라 피견으로 감아 놓았는데도 피가 뚝뚝 떨어졌다. 검기에 베인 상처이기 때문에 잘 아물지 않는 것이다.

광두 형제 중 한 명이 나무 위로 올라가 뒤를 확인했다.

제갈가의 추적자들이 계속해서 따라오고 있었다.

단령경은 잠시 고민하다가 말했다.

"사천으로 돌아가자."

광두 형제는 걱정스러운 표정을 지었다. 지금 그곳으로 가는 게 안전할까 하는 걱정이 될 수밖에 없었다.

"지금은 거기가 최선이야."

지금의 몸 상태로 산동까지 가는 건 무리였다. 무림총연맹이 눈을 시퍼렇게 뜨고 있는 지역을 내내 통과해야 한다. 섬서, 호광, 하남…… 하나같이 수준 높은 문파들이 득실거리는 곳이다. 어딜 택해도 산동까지 돌아갈 길이 만만치 않다.

차라리 몸이 나을 때까지는 사천에서 버티는 게 최상이리라.

단령경은 그렇게 판단했다.

광두 형제가 고개를 끄덕였다. 둘이 재빨리 주변의 대나무를 자르고 대나무 껍질을 벗겨 끈 대용으로 써서 줄기를 엮었다.

그렇게 간이 가마를 만들고 단령경을 태웠다. 광두 형제가 앞뒤로 가마를 들고 일어섰다.

단령경은 안색이 파리했으나 입술을 꾹 다물고 내색하지 않았다.

"가자."

광두 형제가 온 힘을 다해 경공으로 달리기 시작했다.

*　　*　　*

운정에게 들은 시간은 이틀 뒤.

하지만 진자강이 장원을 나와 걸어온 거리는 나흘이 넘었다. 아무래도 장원까지 돌아가는 시간이 빠듯하다.

진자강은 무리해서 달리다가 비틀거렸다.

운정의 음공에 대항하다가 기력을 잃은 것도 있고, 그 몸으로 분수전탄을 쏘아 낸 탓도 있었다.

하지만 기혈이 다소 상처를 입은 와중에도 몸에는 활력이 넘쳤다. 기이한 일이었다. 넘어져도 또 일어날 수 있는 힘이 있었다.

'청철혈선사라는 뱀 때문인가.'

당가에서 아끼는 독물이라는 말이 허튼소리는 아닌 모양이었다. 평소에 쉴 새 없이 독초를 씹어서 흡수해야 하는 독기를 그 한 마리로 순식간에 채울 수 있었다.

오죽하면 폭발적인 독기의 힘으로 제종향령의 속박에서까지 벗어날 수 있었던 것이다.

지금 단전에 자리한 청철혈선사의 독은 거의 오 광충에 달했다.

'그런데 왜 날 보내 준 거지?'

진자강을 순순히 보내 준 이유를 알 수 없었다. 아무리 당가가 영수(靈獸)에 가까운 독물들을 잔뜩 보유하고 있다 해도 저 한 마리 한 마리가 아깝지 않을 리 없다.

특히나 진자강을 보내 주기 전 마지막에 보여 준 그 눈빛은 아주 희한했다. 무언가에 놀란 듯한 그런 모습이었다.

진자강은 잠시 서서 길게 호흡을 하며 숨을 가라앉혔다.

이것 역시 어쩌면 그 복잡하다는 정치적인 셈으로 벌어지는 일일지도 모른다.

그렇다면 자신은 무엇을 해야 하는가.

진자강은 생각하기 시작했다.

물론 지금 당장은 정보가 부족해서 짐작하기가 쉽지 않다.

그러나 계속 연습해야 한다.

모르면 모르는 대로, 알면 아는 대로 계속해서 생각하는 습관을 들여야 한다. 상대의 목적과 행동의 이유를 알아내기 위해 생각하는 습관을 버릇처럼 들여야 한다.

상대를 관찰하여 약점을 찾아내고 그 약점을 파고들어

복수를 이뤄 냈듯이.

그래서 이제껏 살아남았듯이.

이번에도 진자강은 극복해 낼 것이다.

진자강은 이를 악물고 고통을 참으며 달렸다.

*   *   *

당하란은 가만히 운정을 바라보았다.

운정은 진자강이 달아난 탓에 안절부절못하고 있는 중이
었다.

그 모습을 쳐다보며 재밌어하고 있는데 운정은 화를 내
기는커녕 얼굴을 붉히면서 눈을 똑바로 마주치지 못한다.

운정은 이제 겨우 열댓 살.

청성산에서 막 내려왔으니 세상 물정을 잘 모른다. 세상
물정을 모른다는 것에는 여자도 포함된다. 산에서 꼬장꼬
장한 남자 도사만 보고 살다가 여자를 마주치면 당황하지
않을 수 없다.

"수행이 부족하군."

당하란의 말에 운정은 얼굴이 더 빨개졌다.

"저…… 소저, 괜찮으시다면 빈도는 이제 그만 가 봐
도……."

"가도 좋아."

"예? 정말요?"

"하지만 독룡이 장원에 돌아갈 때까지는 내버려 뒀으면
좋겠군."

운정이 그제야 좀 인상을 구겼다.

"그건 소저가 제게 명령하실 수 있는 게 아닙니다. 전 어
디까지나 스승님의 말씀에 따라야 합니다. 그리고 저 도우
가 장원으로 돌아가게 되면 큰……."

"그래서 뭐?"

당하란이 고개를 삐딱하게 돌려서 운정을 빤히 보았다.
운정은 얼굴이 빨개진 채 항변했다.

"많은 사람들이 죽게 됩니다!"

"죽게 내버려 둬. 어차피 청성파는 무림총연맹 소속도
아니잖아."

"하지만 장원을 공격할 이들도 사천의 문파들입니다. 같
은 사천의 동도로서……."

"운정 도사."

당하란은 입가에 옅은 미소를 지으면서 운정에게 뭐라고
말을 하려 했다.

그런데 그 순간 갑자기 진자강의 눈동자가 떠올랐다. 쩔
쩔매는 운정과 달리 자신에게 도전하듯 정면으로 쏘아보던

진자강의 눈

피에 물든 광기를 눈동자 안쪽 깊숙이 담고 야수처럼 이글거리고 있던 눈.

그런 눈빛을 대한 것은 처음이었다. 아니, 솔직히 말하자면 처음은 아니었다.

망료라는 자도 첫대면에서 그 비슷한 느낌의 눈빛을 보인 적이 있었다.

그러나 망료의 눈에 담긴 것은 지독한 분노와 광기뿐이었다면, 진자강의 눈빛에는 좀 더 뜨거운 정열이 타오르고 있었다.

상처 입은 짐승의 투기(鬪氣).

늑대가 산중의 왕인 호랑이에게 물리고도 포기하지 않고 이를 드러내는 듯한…… 길들여지지 않은 날것 그대로의 눈빛이었다.

두근.

당하란은 가슴이 뜨거워졌다.

그때에 아주 잠시나마 압도되었던 생각이 떠올라 기분이 확 나빠졌다.

당하란은 갑자기 내공을 끌어 올려서 발을 굴렀다.

펑!

사람 키만큼이나 높이 흙이 터져 올랐다.

촤아악!

놀란 운정과 당리심이 뒤로 몸을 피했다.

흙이 가라앉으면서 당하란의 발밑에 둥그런 구덩이가 파인 게 보였다.

당하란이 으드득 소리가 나게 이를 갈았다.

운정은 눈을 끔벅거렸다. 당하란의 내공이 보통이 아니다. 싸우자면 못 싸울 건 아니지만 싸우고 싶지 않을 정도로 무서웠다.

'스승님께서 여자는 무서우니까 무조건 조심하라고 하시더니……'

스승의 말이 거짓이 아닌 것 같았다.

생각해 보니 여자를 조심하라는 스승의 말에 많은 뜻이 담긴 것 같았다. 조심하라는 건 어쨌든 싸우지 말라는 뜻이고, 싸우지 말라는 건 여자의 말을 거스르지 말아야 한다는 뜻이 될 수도 있지 않은가?

운정이 고민하는 사이에 당하란은 더 말도 하지 않고 그냥 몸을 돌려 가 버렸다. 당리심도 어쩔 수 없다는 듯이 운정을 보고 형식적으로 포권을 하더니 당하란을 따라갔다.

"어어어?"

혼자 남은 운정은 어찌할 바를 몰랐다.

"다, 당 소저! 얘기는 끝내고 가셔야……."

하지만 이미 당하란은 경공으로 훌쩍 뛰어올라 사라진 뒤였다.

그냥 가라고 했으니 가면 되는 것인가.

아니면 다시 진자강을 따라가서 감시하면 되는 것인가.

"아아, 미치겠구나. 스승님의 명령은 늘 쉽지가 않아. 원시천존."

운정은 복잡한 마음으로 일단 진자강을 따라갔다.

* * *

진자강은 시간을 줄이기 위해 달리고 또 달렸다.

운정이 뒤따라온다 해도 추적을 떨치기 위해 작업을 할 시간도 없었다.

절룩, 절룩.

한쪽만 기혈이 트였기에 의식하지 않으면 절로 양쪽의 속도에 차이가 나서 진자강은 저절로 발을 절었다.

운정은 멀리서 그 모습을 지켜보았다.

기분이 묘했다.

"저 도우는 왜 저렇게까지 무리하며 뛰고 있는가……."

적어도 사람을 죽인다는 게 신나서 뛰어가고 있는 건 아
닐 터였다.

진자강은 끼니도 챙기지 않았다. 배가 고프면 달려가다
나무껍질을 뜯어 씹기도 하고 개울에서 물을 마시기도 했
다. 그러면서 계속해서 달렸다. 쉬지도 않고 달렸다.

경공도 쓰지 못해서 남들 달리는 것처럼 뛰고 있으니 그
게 더 보기 안쓰러웠다.

달리는 속도가 일반인보다는 좀 빠르고 지치지 않을지언
정 그게 다이니 말이다.

그쯤 되면 아무리 바보라도 모를 수가 없었다.

장원이 공격당하는 시간 안에 맞춰 가기 위해서 달리는
것임을.

진자강은 잠도 자지 않고 꼬박 하루를 뛰었다.

하지만 제아무리 진자강의 체력이 좋아도 한계가 있었
다. 내공을 쓰면 기혈이 다치니 내공도 못 썼다. 물론 경공
술도 아직 익히지 못한 채였다.

"헉! 헉!"

진자강은 하루를 뛰고 쓰러졌다. 전신은 땀으로 범벅이
었고 가슴은 이미 상처에서 새어 나온 피로 흠뻑 젖었다.
걷는 걸음마다 핏방울이 떨어져 있었다.

진자강은 대자로 뻗어 누워 하늘을 쳐다보았다. 완전히
탈진했다.

스윽.

사람의 그림자가 진자강의 위를 덮었다.

운정이었다.

진자강은 숨을 몰아쉬면서 말했다.

"헉헉…… 금세 따라잡혔…… 쿨럭쿨럭. 따라잡혔군요."

그러나 그 와중에도 진자강은 운정을 향해 손가락을 들
었다. 여차하면 분수전탄을 쓰고 싸우는 수밖에 없어서다.

운정은 전혀 공격할 의사가 없다는 것을 표정으로 보여
주었다.

매우 복잡한 표정으로 운정이 물었다.

"도저히 묻지 않을 수가 없어서 여쭙습니다. 무엇이 도
우를 그리 뛰게 만드는 겁니까?"

진자강은 숨을 몰아쉬다가 대답했다.

"말하지 않았습니까. 구해야 할 사람들이 있다고. 후욱,
후욱."

"어차피 이 속도로는 때맞춰 갈 수 없을 겁니다."

진자강이 허탈하게 웃었다.

"그렇겠군요. 열심히 뛰어 봤는데 그래도 시간 내에는
부족하겠군요."

"그럼 포기하실 겁니까?"

"아니. 아직 아닙니다."

운정의 얼굴이 일그러졌다.

"네? 아니, 시간이 부족하단 말입니다. 시간이."

운정이 고개를 설레설레 저었다.

"나도 모르겠습니다. 도우가 단순히 살인귀라면 이렇게 자신을 혹독하게 채찍질해 가면서 달려갈 이유가 없을 거라는 생각이 듭니다."

"나도 그렇습니다. 나는, 후우우…… 복수를 하기 위해서 팔 년 동안 지하 암벽을 뚫고 나왔습니다. 그런데…… 복수를 못 끝내고 죽을 수 있다는 걸 알면서 이렇게 가고 있군요."

"그러니까 왜요? 도우가 내게 말했듯이, 사람을 구하기 위해서입니까? 하지만 지금의 몸으로는 아무런 소용이 없을 텐데요? 잠도 자지 않고 끼니도 못 챙긴 그런 몸으로."

"……."

진자강은 대답하지 않고 잠시 생각했다.

처음엔 굉장히 복잡한 생각이 들었다. 왜 이런 일이 벌어졌고, 당가와 청성파는 왜 자신을 두고 싸우는지, 무림총연맹은 왜 갑자기 자신이 있던 장원을 공격하게 되었는지. 거기에 갑자기 나타난 망료는 무슨 역할을 하고 있는지.

엉킨 실타래와 같던 상황은 생각하면 할수록 복잡해져서 진자강의 머리를 터질 것처럼 만들었다. 그러나 계속해서 달리는 동안 진자강의 복잡하던 머리는 점점 하얗게 비어 갔다. 복잡한 생각들이 날아가고 오직 하나의 의문만이 남아 갔다.

나는 왜 달리고 있지?

운정이 궁금해한 것과 같은 의문을 떠올린 것이다. 이렇게 달려간다고 해서 시간 내에 도착할 수 있는 것도 아니고, 도착한다고 해서 그들을 살릴 수 있으리란 보장이 있는 것도 아니었다.

그런데 왜 처음 운정에게 장원이 공격당할 거라는 얘기를 들었을 때 무조건 가야 한다는 생각부터 들었을까?

어쩌면 아무런 소용이 없는…… 말 그대로 시간 낭비가 될지도 모르는 일인데.

아무리 고민해 봐도 이것은 결코 이제까지의 진자강답지 않은 행동이었다. 차분히 준비하지 않고 청성파의 도사와 싸우면서 감정적으로 행동했다.

도대체 왜 무조건 달려가야 한다는 생각이 들었을까?

진자강은 하루를 꼬박 달렸지만 여전히 해답을 찾지 못했다.

하지만 해답 대신에 결론은 내렸다.

그래서 운정에게 대답해 줄 수 있었다.

아직도 궁금해하는 표정의 운정을 보며 진자강이 말했다.

"나 역시 가 보기 전에는 모를 것 같습니다. 그래서 가 봐야겠습니다. 지금 알아내지 못하면 죽을 때까지 모를 것 같아서요."

운정은 한참 진자강을 보고 있다가 한숨을 쉬었다.

운정이 돌아앉아 진자강에게 등을 보였다.

"업혀요."

"뭐하는 겁니까?"

"업히시라구요. 지금 그대로는 어차피 못 가니까."

운정이 화를 냈다.

"지금 안 가 보면 죽을 때까지 모를 것 같다면서요. 저도 궁금합니다. 궁금해 미칠 지경이라고요. 그러니까 한번 같이 가 보렵니다. 무슨 일이 벌어지는지. 이게 도사로서 해야 할 말이 맞는지 잘 모르겠지만, 원시천존!"

진자강은 몸을 일으키고 물었다.

"스승님을 거역해도 괜찮겠습니까?"

"괜찮을 리가 있겠습니까? 하지만 나는 지켜봐야겠습니다. 평생 모른 채로 살아가는 것보다는 면벽 일 년 하는 게 낫겠습니다."

운정이 목소리를 높였다.

"하나만 약속해 주세요!"

"말해 보십시오."

"나중에 스승님이 저 혼내시면 와서 편들어 주셔야 합니다."

"약속할 수 있을지 자신이 없군요. 청성파로 가자마자 어떤 꼴이 될지 모르니까요."

"아이 진짜, 우리 스승님 그런 분 아니라니까요!"

진자강은 운정에게 업혔다.

운정은 진자강과 체격이 비슷한데도 거뜬히 진자강을 업었다. 그러곤 달리기 시작했다. 속도가 붙자 진자강의 귓가로 바람과 풍경이 휙휙 지나갔다.

한 번 발돋움을 할 때마다 일이 장씩을 쭉쭉 나아갔다. 직접 달리는 것과는 느낌이 사뭇 달랐다. 마치 구름 위를 가볍게 미끄러지는 듯했다.

'이것이 제대로 된 경공이군…….'

진자강의 생각을 읽은 것처럼 운정이 말했다.

"어떻습니까? 제 경공이."

이리 빨리 달리면서 호흡도 거의 흐트러지지 않고 말까지 하는 걸 보면 확실히 좋은 실력이었다.

"대단하군요."

운정이 뿌듯해하며 말했다.

"유운보(流雲步)라고 합니다. 사형들에 비하면 아직 부족하지만 제 딴에는 자랑할 실력은 된다고 생각합니다. 하하."

"그런데 방향이 틀렸습니다. 그쪽이 아니고 이쪽입니다."

"아앗, 네……."

운정은 급히 진자강이 가리킨 방향으로 꺾어서 달렸다. 진자강이 말했다.

"이 속도면 하루도 안 걸리겠습니다."

"네? 아니. 사람이 달리기만 합니까? 좀 쉬고 자고 밥도 먹고 해야…… 저도 도우를 따라오느라 거의 못 먹고 못 잤단 말입니다."

운정이 투덜거렸다.

"천하의 독룡이 경공도 못한다는 걸 알면 사람들이 놀라겠군요. 당 소저도 전혀 생각 못 했던 것 같은데요."

그러니까 당하란도 운정을 잡고 있다가 '이쯤이면 됐겠지' 하고 보내 줬을 터였다.

"그렇군요."

아쉽게도 약문에서 전수한 것 중에는 절름발이인 진자강이 쓸 만한 경공이 없었다. 신법조차 기혈 한쪽이 막혀 제대로 쓰지 못하는 마당이다.

하지만 언젠가는 경공을 익혀야 할 것 같았다. 지금은 운이 좋았지만 다음에도 도움을 받을 수 있을지 확신할 수 없으므로.

"저쪽으로 오른쪽으로 틀어 가야 합니다."

"알겠습니다."

운정은 시키는 대로 방향을 바꿨다.

"그런데 왠지 길이 점점 험해지는 것 같은데요?"

"맞습니다. 저 산을 넘어갈 겁니다."

앞에 있는 산은 한눈에 보기에도 가팔라 보였다. 거의 절벽 수준이었다.

"달리는 건 도우가 아니고 저잖습니까!"

"청성파의 경공은 산을 못 넘습니까?"

"아뇨! 당연히 그럴 리가 없…… 아니, 그게 아니라."

운정은 속는 기분이 들었다.

진자강이 말했다.

"산을 넘으면 마을이 있을 겁니다. 거기서 쉬어 가죠."

운정은 어이가 없으면서도 자기가 잘하고 있는 것인지 몰라 기분이 착잡했다.

그러나 스승인 복천 도장이 말한 바가 있었다.

강호는 눈으로 봐서는 안 된다. 몸으로 겪고 깨달
아라. 너같이 미련한 놈은 그렇게 구르면서 강호의
쓴맛을 봐야 돼.

어떻게 보면 명령과는 또 배치되는 부분이기도 했다. 그
러나 사실 스승도 자기가 운정에게 한 말과는 늘 다르게 행
동했다.

사람을 죽이지 말라면서 질 나쁜 산적 수십 명을 깡그리
몰살시키는가 하면, 존장의 말을 잘 들어야 한다면서 정작
본인은 장문인에게도 대들었다.

그래서 운정은 자신의 감을 믿어 보기로 했다.

흔히들 그 사부에 그 제자라지 않는가.

자신이 이해할 수 없는 이 일들이 어떻게 마무리되는지
꼭 보고 싶어졌다.

"에이, 좋아요. 가 봅시다. 가 봅시다, 까짓것요!"

운정은 가파른 산을 향해 달렸다.

*　　　*　　　*

제갈가의 무사들이 단령경과 광두 형제의 흔적을 찾아
정신없이 움직이는데도 망료는 느긋했다.

그 모습이 눈에 곱게 보일 리 만무했다.

제갈손기가 불퉁거리면서 한마디 했다.

"이거 너무하네. 우리 제갈가가 남의 손발이 되어 뛰어다니게 될 줄이야."

망료는 느긋하게 웃으면서 말했다.

"아, 내가 불편하오? 그럼 나중에 따로 만나든지."

"산동요화가 어디로 갔는지 알고 따로 만나자는 것이오?"

"뻔하지. 대읍의 장원으로 갔을 거요."

"뭐?"

"굳이 광서 남단의 계림에서 만나자고 한 이유가 있지. 여기서 산동으로 넘어가려면 호랑이 굴을 몇 개 지나가야 하거든. 중독까지 된 상태에서 그렇게까지는 엄두가 안 날 거고…… 그럼 뭐 별수 있소이까. 온 길로 되돌아가야지."

"하지만 사천으로 되돌아가면 우리 제갈가도 힘을 쓸 수가 없고, 무림총연맹도……."

"그럴 줄 알고 미리 손을 써 놨소이다. 산동요화가 돌아가는 대로 대읍에 있는 산동요화의 장원을 기습할 것이오. 아마 내일쯤이 되겠군."

"사천의 삼강(三强)이 그걸 허락했다고?"

사천삼강은 청성파와 아미파, 당가의 세 문파다.

"청성파는 제외하더라도 당가는 이미 관련이 있지. 묵룡을 해독해서 살려 준 게 그들이니까. 게다가 아무리 사천삼강이라 하더라도 검각주가 자신의 제자에게 독을 쓴 자들을 잡겠다는 데 막을 명분이 있겠소이까."

"그래도 무림총연맹의 전투 병력이 들어오는 걸 반기지 않을 텐데."

"하여 사천에 있는 무림총연맹의 가입 문파만 움직이기로, 그리고 거기다 이번 일에 아무 관계가 없는 아미파의 참관을 조건으로 걸었소."

"참관이면 참관이지 아무 관계가 없는 건 뭐요?"

망료가 조금 귀찮은 표정을 지었다.

"거기까지만 합시다. 내가 제갈가의 사람들 앞에서 너무 난 체한 것 같소."

제갈손기는 더 묻고 싶었으나 제갈명의 눈치를 받고 입을 다물었다. 제갈가의 사람이 두뇌 싸움에서 얕잡아 보이는 것은 자존심 상하는 일이었다.

제갈명이 말했다.

"아미파를 이용해서 산동요화를 잡을 생각이로군."

망료가 웃었다.

대답은 하지 않았지만 그 말이 맞다는 뜻이다.

사실은 매우 간단한 일이었다.

이번에 동원되는 사천의 정파들은 몇이 오든 당연히 단령경을 이겨 내기 어렵다. 여럿이 죽어 나가게 될 것이다. 그러면 참관만 한다던 아미파도 나서지 않을 도리가 없다. 눈앞에서 사람이 죽어 나가는 데 불자된 도리로 어찌 가만히 있겠는가.

결국 단령경은 아미파에 의해 잡히게 될 수밖에 없다. 느긋하게 가서 단령경을 주워 오면 된다는 얘기는 그래서다.

그럴 리는 없겠지만 만일 그 과정에서 아미파의 여승이 다치거나 죽으면 더더욱 좋다. 그 여파가 단령경과 관계있다고 알려진 진자강에게까지 미칠 수 있는 계기가 된다.

"그러니까 우리는 대읍으로 쭉 올라가면 되오. 우리가 갈 때 즈음엔 다 끝나 있을 거요."

망료는 뒤따라오는 백리권을 힐끗 쳐다보았다.

백리권은 무슨 생각을 하는지 입을 다물고 묵묵하게 그들을 따라가고 있을 뿐이었다.

＊　　　＊　　　＊

광두 형제는 전력을 다해 달려서 대읍의 장원에 도착했다. 얼마나 쉬지 않고 달렸는지 그들이 도착했을 때에는 완전히 기진맥진한 상태였다.

장원의 관리인 염노와 소소, 편복이 놀라서 뛰쳐나왔다.

"왜 다시 돌아오셨습니까!"

"아니! 팔이……!"

"역시 함정이었네."

하지만 염노의 표정이 좋지 않았다.

"때가 좋지 않습니다. 이쪽도 조만간 무림총연맹의 무인들이 들이닥칠지도 모릅니다. 대읍이 술렁거리고 있습니다. 몇몇 안가는 이미 철수했다는 얘기가 들려옵니다."

"완전히 걸려들었군."

그러나 단령경으로서는 선택의 여지가 없었다.

파리한 안색의 단령경이 말했다.

"일단 방을 뜨겁게 데워 주게. 운기조식으로 독기를 몰아내야겠네."

"바로 준비하겠습니다."

단령경은 방 안으로 들어가 가부좌를 틀고 앉았다.

소소가 금세 따라 들어와 몸과 피를 닦아 주고 잘린 팔에 약을 발라 주었다.

"고맙다. 하지만 이제 됐으니 너는 염노와 먼저 피하거라."

소소가 고개를 힘차게 저었다.

"이 녀석 고집은."

남 신경 쓸 때가 아니다. 당장 자신의 몸이 더 문제다.

소소가 나가자 단령경은 운기조식을 해 독기를 몰아내기 시작했다. 방해받지 않아야 하는 일이라 밖에서 광두 형제가 돌아가며 호법을 섰다.

"우욱!"

운기조식을 시작하자마자 시커먼 피가 목구멍에서 치밀어 올랐다.

당가의 독은 질기고 독하다. 기혈 곳곳에 들러붙어서 몸을 갉아먹는다. 해독제도 당가의 것이 아니면 제대로 듣지 않게 만들어 놓았다.

하지만 단령경에겐 시간이 없었다. 염노의 말이 사실이라면 무림총연맹의 문파들이 몰려오기 전에 빨리 달아나야 했다.

*   *   *

드르렁, 쿨……

산을 넘고 다음 마을까지 진자강을 업고 간 운정은 객잔에서 완전히 뻗었다.

진자강은 옆에서 함께 자는 척하다가 몸을 일으켰다.

"음냐."

운정이 뒤척이다가 배를 긁었다.

운정은 진자강에게 혼자 가지 말라고 몇 번이나 다짐을 받았다. 자기가 지켜보겠다고 눈을 부릅뜨고 있기까지 했다.

하지만 결국 먼저 쓰러져서 곯아떨어진 건 운정이었다.

"미안합니다."

운정은 진자강에겐 몇 살 어린 동생뻘.

자는 모습이 천진난만하기 그지없었다.

진자강은 조용히 일어나 방을 나갔다.

운정이 열심히 뛰어와 준 덕에 생각보다 빠르게 도착했다. 여기 객잔에서 장원까지는 진자강의 걸음으로도 고작한 시진의 거리.

만반의 준비를 하고 가도 두 시진이면 충분했다.

진자강은 운정을 객잔에 내버려 두고 마을에서 준비를 한 뒤, 장원을 향해 떠났다.

*　　　*　　　*

단령경이 돌아온 지 겨우 반나절 만이었다.

염노는 장원의 앞에 나와 앉아 있다가 어느 순간 장원 앞을 지나는 행인이 전혀 보이지 않는 걸 깨달았다.

장원이 다소 외진 데 있긴 하나 행인이 한 명도 지나가지 않는다는 건 이상한 일이다.

염노는 안으로 들어가 하인에게 말했다.

"전원 모이라고 해라. 조만간 공격이 있을 것 같다."

하인이 사색이 되었다.

"네!"

이곳 장원은 외부에서 보기에 이상해 보이지 않도록 최
소한의 인원이 상주하고 있었다.

장원의 전체 인원은 하인과 하녀들을 포함해 스무 명 정
도밖에 되지 않았다.

단령경과 광두 형제도 밖으로 나왔다.

"영주님. 몸은 괜찮으십니까?"

"움직일 만하네."

단령경이 문을 바라보았다.

"손님을 맞아야겠군. 문을 열어라."

하인들이 달려가 정문을 활짝 열었다. 하인들은 저마다
손에 칼을 쥐고 긴장한 안색으로 문을 주시했다.

얼마 지나지 않아 여러 명의 무인들이 보이기 시작했다.
일부는 문밖에, 일부는 담 위로 올라가서 안을 포위하는 모
양새가 되었다.

편복이 코웃음을 치며 목발로 쓰는 지팡이로 무인들을
가리켰다.

"일부러 문을 열어 놨거늘 꼭 멀쩡한 문을 놔두고 굳이 양상군자처럼 담을 타 넘는 놈들이 있다니까?"

단령경이 웃으면서 편복을 나무랐다.

"찾아온 손님들에게 면박을 주는 건 예의가 아닐세."

"아이고, 이놈의 늙은 주둥이가 그만 주책을."

편복이 장원 밖에 서 있는 무인들에게 큰 소리로 말했다.

"거 함부로 말해서 미안하게 됐소이다? 어디 얼굴 좀 봅시다? 사람이 사과하는데 안 나오고 쥐새끼처럼 대가리 처박고 숨어 있을 셈이요?"

말이 사과지, 오히려 성질을 긁는 말투였다.

"거 많이들도 오셨네."

장원에 들어온 이들만 거의 열댓 명. 담장 바깥과 담 위에 있는 자들을 합하면 오십여 명은 족히 되어 보였다.

정파 무인들은 자리를 잡은 채 아무것도 하지 않고 가만히 기다렸다. 편복의 말에 대꾸를 하지도, 그렇다고 바로 무력을 행사하지도 않았다.

편복이 투덜거렸다.

"눈싸움이라도 하자는 거야, 뭐야. 뭐 한바탕해 보고 싶으면 얼른 덤벼 봐, 이 견자(犬子) 놈들아!"

정파 무인들 몇몇이 눈살을 찌푸렸으나 대꾸는 한마디도 하지 않았다.

그 모습을 본 편복은 입맛을 다셨다.

"쩝. 죄다 벙어리만 모인 걸 보니 아무래도 오늘 일진이 사나울 모양이구면."

편복은 눈치가 빠르다. 무인들이 경거망동하지 않는 데에는 이유가 있다는 걸 깨달았다.

무인들이 함부로 행동할 수 없을 정도의 권위 있는 자가 이 자리에 있다는 뜻이다.

잠시 후 사오십 대로 보이는 중년의 남자가 대문에서 살짝만 들어와 말했다.

"산동요화! 귀하가 살아날 길은 없다. 이곳은 포위됐으니 순순히 투항하는 게 좋을 것이다!"

편복은 중년인을 보고 고개를 갸웃거렸다.

"저자가 아닌데……."

단령경이 편복의 의문에 답하듯 중년인에게 말했다.

"그런 말은 자신의 말에 책임질 수 있는 자가 하는 것이지. 그대는 그럴 수 있을 것 같아 보이지 않네."

중년의 남자가 소리를 높여 말했다.

"나는 남천문(南川門)의 문주 전웅이다. 내가 책임지지 못할 소리를 하였다는 귀하의 말은 우리 사천 무림을 무시하는 발언이며, 동시에 무림총연맹의 행사를 가벼이 여기는 언사로……."

단령경이 전웅의 말을 끊으며 냉소했다.

"그럼 죽여도 되겠군."

편복이 재빨리 소매에서 죽통을 꺼내 단령경의 앞에 내밀었다. 단령경이 왼손으로 철제 시초를 뽑아 던졌다.

"어엇?"

전웅의 눈이 경악으로 크게 떠졌다. 설마하니 무림에서 이름이 높은 단령경이 다짜고짜 자신에게 살수를 쓸 줄은 몰랐다.

전웅이 칼을 앞으로 휘둘러 시초를 쳐 내려 시도했다.

떙!

그러나 단령경의 막대한 내공이 담긴 시초의 줄기는 칼을 뚫고 그대로 전웅의 미간을 향했다.

"크윽!"

전웅은 눈을 질끈 감았다.

그러나 아무 일도 벌어지지 않았다. 전웅이 눈을 뜨자 관절이 울퉁불퉁하니 뼈가 앙상한 손이 시초를 움켜쥐고 있는 게 보였다.

투박한 원통형 모양의 승모(僧帽)를 쓴 여승이 살수를 대신 막아 준 것이다.

전웅은 황급히 뒷걸음질을 쳤다. 전웅의 칼에는 시초가 뚫고 간 작은 구멍이 나 있었다. 사천 삼강에 맞먹는 산동요화의 이름값이 고스란히 느껴지는 순간이었다.

"아미타불."

늙수그레한 목소리.

적어도 육십 살은 되어 보이는 여승의 입에서 나온 불호
였다.

단령경이 여승을 보고 차갑게 말했다.

"누가 와 있는가 했더니 아미파의 마사불이셨구려?"

마사불은 춤을 추며 수행하는 부처를 말한다. 물론 보통
의 춤이 아니라 이 경우에는 칼춤이었다.

칼춤을 추며 불공을 닦는다고 부를 정도이니 얼마나 많
은 칼부림이 있었겠는가!

놀랍게도 마사불의 손에 죽은 자는 수백이 넘었다. 항간
에는 천 단위로 넘어간다는 얘기가 있었으나, 대부분이 죽
은 관계로 정확한 숫자를 증언할 이는 남아 있지 않았다.

물론 죽은 자는 악인에 한정되어 있었으나, 그렇다 하더
라도 불문의 제자로서는 가히 상상도 할 수 없는 숫자였다.

사천 정파 무인들이 편복의 도발에도 불구하고 입을 닥
치고 있던 것은 그만큼 마사불이 무서웠던 탓이었다.

여승은 표정 하나 변하지 않고 고개를 가로저었다.

"그것은 아주 오래전의 이야기일 뿐이올시다. 빈니에게
는 묘월이라는 법명이 따로 있으니, 그렇게 불러 주시면 고

맙겠구려."

단령경이 크게 웃었다.

"하하! 탈속하여 아라한(阿羅漢)이 되고자 하는 중이 스스로 속세의 법명에 얽매여 있고자 하니 매우 우습구나!"

내공이 담긴 웃음이라 주변에 있는 무인들은 귀가 울려서 살짝 고통을 느꼈다.

묘월의 눈이 가늘어졌다. 눈이 길게 찢어진 데다 깡말라서 광대뼈가 툭 튀어나와 있으니 조금만 인상을 써도 워낙 매서운 표정이 되었다.

"아미타불. 시주의 깨달음이 일 갑자 동안 불덕을 쌓은 빈니보다도 깊고 그윽하니, 이 기회에 빈니를 따라 아미로 가서 출가하여 보는 것은 어떠하오?"

단령경이 짜증 난다는 듯한 눈초리로 묘월을 쳐다보았다. 그것은 누가 봐도 '개소리하지 말라'는 뜻으로 보였다.

"소문에 마사불은 사람의 목을 베어 불덕을 쌓는다던데, 그렇게 많이 베고도 아직 목이 부족하오?"

묘월은 더 눈을 가늘게 뜨고 단령경을 마주 보았다.

"파사현정(破邪顯正)은 불가의 오랜 참구(參究)올시다. 이미 마구니[魔軍]에 잡아먹혀 선한 마음을 잃은 자는 선한 타인[善者]을 해치기 전에 소멸시켜야 마땅하오."

"그래서……."

단령경이 묘월을 노려보았다.

"사천 삼강은 묵계를 깨고 대읍에 피바람을 불러일으키기로 결심한 것이오?"

"아미타불. 오늘의 빈니는 그저 참관일 뿐이오. 시주가 남천문 문주에게 살수를 쓰지 않았다면 빈니는 결코 나서지 않았을 거요."

"하지만 나섰지. 이미 그것만으로 참관인이라 할 수 없는 것이고. 안 그러오?"

"부득이 나설 수밖에 없었음을 이해해 주시오."

단령경이 날카롭게 소리 질렀다.

"아미의 노구(老嫗)가 어디서 개수작이야! 그대는 나 여의선랑을 상대로 하찮은 말을 지껄이지 말라!"

단령경이 뿜어낸 살기가 장원을 뒤덮었다. 머리카락 끝이 삐죽거리고 솜털이 일었다.

정파 무인들이 바짝 긴장해서 무기를 힘주어 꼬나 쥐었다. 동시에 장원의 이들도 대응할 준비를 했다.

묘월이 한숨을 쉬며 고개를 저었다.

"아무래도 시주는 명상언구(名相言句)에 깊이 사로잡혀 빈니의 미량한 불덕으로 깨치기에는 많이 어려운 것 같으오이다."

묘월이 전웅에게 말했다.

"남천문의 시주께서는 손을 쓰시오. 요화 시주는 함부로 움직이지 못하도록 내가 감시하고 있을 것입니다."

"감사합니다, 묘월 스님."

묘월이 나서길 내심 바라고 있던 전웅이었다.

전웅이 구멍 뚫린 칼을 치켜들었다.

"공격! 사파의 졸개들을 쓸어버려라!"

단령경이 몸을 빼내 정파 무인들의 앞을 막으려 하였으나 돌연 살기를 느끼고 걸음을 멈췄다.

단령경의 앞을 묘월이 막아선 것도 아닌데 절로 멈출 수밖에 없었다.

단령경이 묘월을 쳐다보았다.

묘월의 눈동자 밑단에 시퍼런 기운이 맺혔다. 진득한 살기가 맴돌고 있었던 것이다!

단령경이 이를 씹었다.

"비구니 주제에 살기를……."

"빈니는 시주가 이쪽으로 돌아오지 않기를 바라었습니다."

"그것도 개소리겠지?"

묘월이 미소를 지었다. 깡말라 주름진 눈과 입에서 살기가 뚝뚝 떨어지는 기묘한 웃음이었다.

"그렇소이다. 아미타불. 아무래도 빈니의 불심은 불법이 아니라 칼날에 있는 모양이외다."

그르륵!

묘월이 허리에 찬 검을 뽑아 드는데 거친 소리가 났다. 검날이 녹이라도 슨 것처럼 거무튀튀했다. 일견 묵철(墨鐵) 같아 보이면서도 어딘가 사람을 굉장히 두렵게 만드는 괴기한 색이었다.

그것은 피다. 사람의 피와 살점의 기름이 엉겨 붙어 만들어진 색이다.

묘월은 처음 아미에서 칼을 받고 살생을 시작한 이후로 단 한 번도 칼을 닦지 않았다. 피가 묻어도 날의 이가 빠져도 전혀 칼을 돌보지 않았다.

때문에 수십 년이 지난 지금은 날이 무뎌져 두부 한 조각도 자를 수 없는 칼이 되었다. 묘월의 막대한 내공이 없으면 사람은커녕 하루살이조차 죽일 수 없는 칼이 되고 말았다.

하여 역설적으로 이 칼의 이름은 불살검(不殺劍)이라 불렸다. 묘월이 살의를 가지고 검을 쓸 때만 사람을 죽일 수 있기에 붙은 이름이다.

그러나 수백 명의 죽음이 이 칼에 배어 있다. 일반인은 불살검을 보는 것만으로도 죽음의 공포를 느끼며 오금이 저려 서 있을 수도 없었다.

그래서 이 검은 아미파에서 가장 유명한 검 중 하나였다.

마사불이 불살검을 들고 승무(僧舞)를 추면 반드시 피를 본다.
그러니까 마사불은 알아보지 못해도 불살검을 본다면 엎드려 용서를 구하는 것만이 살아남는 길이다.

오죽하면 이것은 사천에서 유행하는 말 중 하나가 되었다.

편복이 아미파에 대해 진자강에게 말한 것은 틀리지 않았던 것이다.

"와아아아!"

채챙. 챙!

사천 정파 무인들과 장원의 사파인들 간에 싸움이 시작되었다.

"으아악!"

비명이 들리고 검광이 난무했다.

묘월은 사람들이 죽어 가며 내지르는 단말마의 비명을 들으면서 흡족한 빛을 띠었다.

우우우웅.

불살검이 진동하기 시작했다. 내공이 실리고 피딱지와 엉겨 붙은 지방이 녹아 벌어졌다. 그 안의 새빨간 핏자국들이 고스란히 드러났다.

마치 지진이 난 땅거죽이 갈라져 안의 용암이 보이듯, 핏자국이 줄줄이 이어져 사람의 핏줄처럼 도드라졌다.

내공에 녹은 기름이 피를 머금고 한 방울씩 뚝 뚝 떨어졌다.

그야말로 소름 끼치는 광경.

묘월이 광기 어린 표정으로 웃으며 말했다.

"자아, 그러니까 시주께서는 부디 가만히 있지 말고 마구 날뛰어 주시오. 함부로 살수를 써서 저들의 피와 육편이 낭자하게 해 주시오. 바라건대 이 몸의 불심을 헤아린다면 제발 가만히 있지 말고 마음껏 살생하여 주시오."

그 음침한 말투와 섬뜩한 목소리에 단령경은 어금니를 꽉 깨물었다.

"마사불……."

단령경은 분노했으나 섣불리 움직일 수가 없었다. 묘월이 내뿜는 살기가 피부를 저미듯 날아와 꽂히고 있었다.

살기에 저절로 내공이 반응해서 날뛰는 바람에 겨우 진정시키고 있던 독기가 진탕했다. 감싸 맨 오른 어깨의 절단면에서도 피가 새어 나왔다.

묘월은 애원하듯 눈꼬리가 처진 표정을 지었으나 입은 끝을 길게 올려 웃는 듯한 기괴한 얼굴로 말했다.

"제발, 시주는 빈니의 애절한 소원을 외면하지 말아 주시구려."

그사이에도 사파인들은 하나둘씩 죽어 가고 있었다.

단령경이 마침내 폭발했다.

"마— 사— 불—!"

*　　　*　　　*

무림맹주의 처소.

해월 진인은 자신의 앞에 놓인 팔 한 짝을 보았다. 팔을 들어서 이리저리 흔들며 구경했다. 본래 곱디고운 살갗을 가졌을 팔은 급하게 방부 처리를 하면서 쭈글쭈글해져 있었다.

"잉어를 잡아 오랬더니 잉어 지느러미를 떼어 왔네. 술 안주도 안 되겠어."

해월 진인은 백리중에게 팔을 살짝 들어 보였다. 백리중이 고개를 젓자, 해월인진은 사람을 불러 팔을 가져가게 했다.

"저것을 여기까지 오느라 수고했네."

"별말씀을."

해월 진인이 백리중에게 차를 내주었다.

"아미파의 대응이 생각 외로 민첩하군. 신니(神尼)가 정요나 낭령을 내버려 두고 굳이 마사불을 보냈다는 것은 자네에게 잘 보이고 싶다는 뜻이겠지?"

"아미파의 여승들에게는 관심 없습니다."

"누가 여승들을 삼처사첩 거느리라고 했나? 다 쓸모가 있으니까 거두라는 것이지."

"필요하면 자기들이 알아서 숙이고 올 겁니다."

"하기야 애초에 우리 맹에 가입했다는 것만으로도 정치적인 입장은 명확하지."

해월 진인이 차를 따르며 말했다.

"그래서 그 망료인가 하는 놈은?"

"당분간 내버려 둘 생각입니다."

"잘 생각했네. 남들이 보기엔 자네 아들을 치료해 준 은인이거든. 그런 자를 당장 죽이면 뒷말이 나오게 되지. 멀쩡하게 잘 돌봤다는 증거로 요화의 팔까지 잘라 보냈으니까."

"하지만 당가의 손이 닿았지요."

당가에서 무슨 일이 있었는가. 그건 당가와 망료 말고는 아무도 알 수 없다. 앞으로 내내 살아가는 동안 백리중이나 백리권에겐 매우 찜찜한 부분이 될 것이다.

"자네 아들, 내가 한번 봐 줄까?"

"괜찮습니다."

"내가 뭐 그런 걸로 자네에게 무리한 요구라도 할까 봐서 그래? 아무렴 자네 아들인데."

"저는 제 것이 자꾸만 남의 손을 타는 걸 좋아하지 않습니다."

해월 진인이 재밌다는 듯 히죽 웃었다.

"그렇다면야 어쩔 수 없지. 아무래도 그 미꾸라지, 이리저리 줄을 타면서 목숨을 지킬 줄 아는 걸 보니 흥미가 돋는구먼. 자네에게 밉보이고도 살아났다는 건 매우 용하다는 방증이지. 언제 한번 얼굴을 봐야겠어."

단령경의 팔을 보낸 것은 일종의 물증이자 담보다. 백리권이 멀쩡하다는 물증이며 동시에 사파에 대한 망료의 입장이 정리된 증거다. 산동요화의 팔을 거뒀으니 이제 사파와는 철천지원수가 되겠다는 뜻이다.

그래서 망료를 지금은 죽일 수가 없다. 거기다 해월 진인이 보겠다고 한 이상 백리중은 더 망료를 건드릴 수 없게 되었다.

해월 진인은 기분 좋게 차를 마셨다.

"팔이 왔으니 팔에 딸려 있던 몸통도 조만간 오게 될지 궁금하군. 며칠 동안 기다리는 재미가 있겠어. 나이가 들면 이런 소식을 기다리는 일이 전혀 지루하지 않다네."

하나 백리중은 전혀 재미있지 않았다. 그의 눈빛은 매우 깊게 가라앉아 있었다.

*　　　　*　　　　*

저 앞에 단령경의 장원이 보였다.

그러나 길이 막혀 있었다.

두 명의 정파 무인들이 행인들을 통제하고 있는 중이었다. 손수레를 끌고 지나가려던 상인도 무인들에게 막혔다.

"아니, 사람 지나가는 길을 막으시면……. 다른 데로 돌아가면 한나절이 더 걸린다고요."

"여기부터는 무림총연맹의 조치가 있는 중이라 못 간다고 했수다. 자꾸 고집을 부리면 사파 놈들과 같은 편으로 간주한다고. 알겠어?"

"내 한평생 장사만 하고 살았는데 무슨 사, 사파라는 거요!"

"그러니까 좋은 말로 할 때 돌아가슈. 저기 소리 안 들려? 지나가다 눈먼 칼 맞아 죽고 싶어?"

멀리서 들려오는 비명 소리.

펑펑대며 장력이 터지는 소리.

칼끼리 부딪치며 쨍쨍거리는 소리.

그건 모두 저 앞 장원에서 들려오는 소리였다.

상인은 어쩔 수 없이 수레를 돌려야 했다.

상인이 자신의 뒤에 있던 진자강을 보며 고개를 절레절레 흔들어 보였다. 자기처럼 떼를 써 봐야 소용없으니 돌아가라는 뜻으로 해 보인 행동이었다.

계속해서 울리던 비명 소리가 점점 간헐적으로 줄어들고 있었다. 다른 방법을 선택할 도리가 없었다.

진자강은 계속해서 걸어갔다. 진자강이 멈추지 않고 오자 두 명의 무인이 막아섰다. 털보 무인이 짜증스러운 표정으로 허리에 찬 칼을 위협적으로 내보였다.

"방금 못 들었어? 여기는 못 지나간다. 돌아가."

진자강은 무인들을 올려보며 물었다.

"얼마나 됐습니까?"

무인들이 인상을 썼다.

"뭐야?"

"뭐가 얼마나 됐다는 거냐."

"두 분이 여기 온 지가 얼마나 됐는지 궁금해서 물었습니다."

무인들은 어이가 없어서 입술을 삐죽거렸다.

"네가 그게 왜 궁금해?"

"이거 이상한 놈이네. 너 뭐 하는 놈이⋯⋯."

진자강이 손에 들고 있던 보따리를 땅에 떨어뜨렸다.

철그럭!

쇳소리가 났다.

"뭐야! 뭐가 들었기에……!"

무인들이 놀라서 보따리를 내려다본 순간 진자강의 손에 비수(匕首)가 들렸다. 진자강은 몸을 낮추어 앞에 있는 털보 무인의 정강이를 그었다.

"악!"

털보 무인이 몸을 웅크리는 순간, 그대로 허리를 펴며 뛰어오르듯이 배에 비수를 꽂아 넣었다.

"끅."

털보 무인의 눈이 크게 떠지며 고통으로 얼굴이 일그러졌다. 진자강은 비수를 뽑았다가 다시 한번 비수를 찔렀다.

푸욱!

옆에 서 있던 무인이 놀라서 칼을 뽑았으나 진자강을 공격하진 못했다.

진자강이 겁먹은 무인을 빤히 쳐다보며 물었다.

"얼마나 됐습니까."

"이, 이 새끼가……."

진자강은 계속해서 비수를 뽑았다가 다시 찔렀다.

"끅! 끄윽!"

처음엔 비명을 질렀던 털보 무인의 목소리는 거의 나오지 않았다. 경련도 점차 잦아들었다. 비수로 찔러도 별다른 반응이 없었다. 그런데도 계속 비수로 찌르고 있는 자체가 공포스러운 일이었다.

털보 무인은 제힘으로 서지도 못하고 이제 거의 진자강의 팔에 걸쳐져 있는 상태였다. 그는 진자강이 비수를 빼자 그대로 엎어져 죽었다.

"온 지 얼마나 됐습니까."

진자강은 감정이 느껴지지 않을 만큼 평이한 어조로 재차 물었다.

하지만 무인은 대답 대신 장원으로의 도주를 택했다. 그쪽에는 자신의 편이 잔뜩 있었다.

"적이 나타났……!"

진자강은 반대 손으로 소매에서 침을 뽑아 던졌다.

비선십이지!

달아나는 무인의 엉덩이에 침이 꽂혔다. 여로의 독액을 묻힌 침이다. 독이 퍼지는 부위에 발열과 함께 격통이 생긴다. 무인은 한쪽 다리가 뻣뻣해져서 뛰다가 나동그라졌다.

진자강은 무인에게 비수를 든 채 다가갔다. 무인이 몸을 돌려 땅에 등을 대고 누운 채로 칼을 휘둘렀다. 진자강은 팔을 차서 칼을 날려 버리고 무인의 몸 위를 자신의 몸으로 덮었다. 그러면서 무인의 얼굴을 들이받았다. 넘어지면서 코와 입을 들이받은 것처럼 되어 진자강의 무게가 그대로 실렸다. 무인은 뒤통수가 바닥에 닿아 있어 고스란히 충격을 받았다.

우직!

코가 뭉개지고 이빨이 뭉텅이로 부러졌다. 그사이에 진자강은 무인의 옆구리에 비수까지 박아 넣었다.

"꺼…… 윽!"

무인은 거의 숨이 넘어갈 지경이 되었다. 희미하게 새어 나오는 소리로 애원했다.

"사, 살려……."

진자강은 무인의 몸 위를 덮은 채 그의 귀에 대고 말했다.

"내가 원하는 대답은 그게 아닙니다."

"오, 온 지 하, 한 시진가량 돼, 됐습……."

진자강은 비수를 뽑아 몸을 일으키곤 무인의 가슴에 박았다. 무인은 눈을 부릅뜬 채로 절명했다.

진자강이 일어나 주변을 둘러보았다. 아까의 상인은 이미 수레까지 버려두고 달아난 후였다.

아까 떨궜던 보따리를 찾아 매듭을 풀었다. 마을 대장간과 침구점에서 급하게 준비한 단도와 낫, 침들이었다. 진자강은 거기에 독액을 발랐다.

지금은 이나마라도 있는 것에 감사해야 했다.

그리고 품속에 있는 등려온환 열 정.

소소가 준 귀주 약문의 비전 내상약.

등려온환이 든 기름종이를 툭툭 쳐 본 진자강은 장원을 쳐다보았다. 억누르고 있던 살의가 다시금 끓어올랐다.

"후욱."

오늘이 지나면 마침내 진자강은 돌이킬 수 없는 길을 가게 될 것이다. 지금보다도 훨씬 더 심각한 오해를 받으며 몇십 배, 몇백 배나 험한 가시밭길을 가게 될 것이다.

그러나 진자강은 멈출 수 없었다.

가슴에서 치미는 이 뜨거운 것을 해소하지 않고서는 죽는 날까지 지금 이 순간을 후회할 것이다.

*   *   *

"크윽!"

단령경은 전신에서 피를 뿜으며 뒷걸음질을 쳤다.

묘월이 불살검을 손안에서 팽그르르 돌렸다. 불살검이 단령경의 피를 머금고 더 뻘겋게 빛났다.

단령경이 피투성이가 된 얼굴을 소매로 훔치며 이를 갈았다.

"지독한 검이군."

"아미타불. 이제 그만 무릎을 꿇고 참회하시오."

묘월은 여기저기 승복이 찢기고 약간의 타격을 입은 정도지만 단령경은 달랐다. 한 팔이 없는 데다 중독이 점점 심해져서 자꾸만 약해지고 있었다. 그것이 싸움에 치명적으로 작용했다. 몸에 그어진 수많은 상처가 그 흔적이었다.

"나를 꿇리려면 내 두 다리를 잘라 버리는 게 더 빠를 것이다."

묘월은 단령경의 독기 어린 말에도 무덤덤했다.

"그게 소원이라면 원하는 대로 해 드리리다. 확실히 시주를 설득하느니 두 다리를 잘라 버리는 게 더 빠를 것 같구려."

묘월이 다시 단령경을 공격해 갔다. 불살검이 붉은 피를 뚝뚝 흘리며 공간을 베어 왔다.

난풍파검(亂風波劍).

어지러이 흔들리는 바람결처럼 검기가 사방에서 흘러들었다.

단령경은 장풍으로 대항했다.

퍼퍼펑!

묘월은 단령경의 장풍을 전부 쳐 내면서 쇄도했다. 한 줄기 혈선이 재차 단령경의 허벅지에 생겨났다. 단령경이 뒤로 몸을 튕겨 내면서 피견을 뻗었다. 너덜너덜한 피견을 최대한 비틀고 꼬아 송곳처럼 만든 후 묘월의 눈을 노렸다.

묘월은 고개를 옆으로 살짝 움직여 피견의 끝을 피해 냈다. 피견은 묘월의 귀를 지나쳐서 빙글 돌아 반대쪽 눈을 노렸다. 묘월이 고개를 부드럽게 움직여 반대로 돌렸다. 피견이 계속해서 원을 그리며 묘월을 따라가다가 목을 감았다.

휘리리릭!

그러나 이미 묘월은 머리를 빼낸 후였다. 머리 대신 불살검이 그 자리에 있었다. 묘월은 피견이 둘둘 감긴 검을 힘껏 당겼다.

단령경은 체중을 싣고 버텼다.

지익, 지이익.

하지만 힘에서 밀려 끌려가며 바닥에 자국이 남았다. 단령경은 묘월에게 당겨졌다. 묘월은 피견을 계속 감아 당겼다.

"버텨 봐야 무의미하다는 걸 누구보다 잘 알 텐데. 주변을 둘러보시오."

단령경이 묘월에게 붙들려 있는 동안 장원 식솔 대부분은 살해당하거나 중상을 입고 쓰러졌다. 총관조차 싸늘한 주검이 되어 바닥에 엎어져 있었다.

몇몇이 집 안까지 들어가 버렸으나 소용이 없었다. 전웅은 별일 없이 사태가 정리되어 가자 만족한 표정을 지었다.

"안에 있는 놈들을 죄다 끌어내!"

처음 끌려 나온 건 편복이었다.

"놔라, 이놈들! 놓으라고!"

편복은 목발을 빼앗기고 끌려 나와 내동댕이쳐졌다.

"이 점쟁이 놈이 아까 우리한테 뭐라고 했더라?"

전웅이 편복의 얼굴을 걷어차고 짓밟았다.

"윽! 어욱!"

편복은 꼼짝없이 구타당했다. 입술이 터지고 눈이 부어올랐다.

이어 부상을 입은 하인과 하녀들이 끌려 나왔다.

"악!"

그리고 마지막으로 소소를 끌고 나오려던 정파 무인이 갑자기 소리를 질렀다. 소소가 무인의 손을 단도로 벤 것이다.

무인이 칼자루로 소소의 머리를 내려찍었다. 소소가 엎어지자 머리칼을 잡고 질질 끌며 나왔다.

단령경도 그 광경을 보았다.

"그 아이는 내버려 둬!"

묘월은 단령경의 말을 하찮게 흘려 버렸다. 하지만 남천문의 전웅은 아니었다. 그는 아까의 모욕을 잊지 않았다.

"오호라, 천하의 요화가 아끼는 아이였군? 그년을 이리 데려와!"

단령경이 분노하여 전웅을 노려보았으나 전웅은 잠깐 흠 칫했을 뿐, 금세 웃음을 지었다. 어차피 단령경은 묘월에게 붙들려 있는 상태다.

"내가 책임지지 못할 소리를 한다 했겠다? 어디 정말로 그런지 두고 봅시다."

끌려온 소소가 머리에서 피를 흘리며 매서운 눈으로 전 웅을 올려다보았다.

"어린년이 어디 눈을 치켜떠?"

전웅은 소소의 뺨을 후려쳤다.

철썩!

소소의 머리가 휙 돌아갔다. 하지만 소소는 이를 악물고 전웅을 계속 노려보았다. 전웅이 손을 치켜들었다.

철썩! 철썩!

금세 소소의 여린 뺨이 퉁퉁 붓고 입 안이 터져 피가 흘 렀다.

"으…… 아으어……."

전웅이 칼을 들었다.

스르렁.

편복이 발버둥을 치며 소리쳤다.

"그 아이를 내버려 두고 나를 죽여라, 이놈아! 말도 못하는 불쌍한 아이를…… 억!"

편복에게 돌아간 것은 발길질뿐이었다. 편복은 하도 배를 맞아서 몇 번이나 피를 토하기까지 했다.

대노한 단령경이 피견을 풀어 던지고 전웅에게 달려들려 했다.

"네 이놈!"

그러나 피견을 풀려는 순간 묘월이 신기를 발휘해 불살검으로 낚아챘다.

팩!

단령경은 뛰려다 말고 공중에서 자신의 피견에 되감겨 당겨졌다.

순식간에 끌어당겨진 단령경의 목덜미를 묘월이 움켜쥐었다.

"킥!"

"빈니의 앞에서 달아나려고?"

묘월이 단령경의 목을 쥐고 내리눌렀다. 단령경은 한 손으로 묘월의 손을 잡고 무릎을 꿇지 않으려 버텼으나 다리가 점점 떨리며 굽혀졌다.

묘월이 단령경을 제압한 채 전웅에게 말했다.

"죽이려면 그냥 죽이시오. 어차피 이곳 장원에 있는 자들을 남김없이 죽일 생각 아니었습니까?"

전웅은 묘월의 기세에 눌려 다소 비굴하게 대답했다.

"어차피 죽일 것이지만, 이년도 사파의 종자이니 죽이기 전에 잠시 혼을 내 주려는 것뿐입니다."

"아미타불. 말도 못하는 것을 괴롭혀 봐야 무엇하겠소이까."

"아, 예……."

전웅은 단령경이 들으라는 듯 크게 혼잣말을 하며 검을 들었다.

"산동요화! 어디 내 말에 책임을 지는지 안 지는지 두 눈 똑똑히 뜨고 잘 보거라!"

단령경은 목덜미를 잡힌 채로 내공을 끌어 올렸다. 하나 목의 혈도를 제압당한지라 내공이 올라오지 않았다.

"큭, 큭!"

악문 잇새로 피가 새고 코피가 터졌다. 기혈에 잠재된 당가의 독만 더 날뛸 뿐 내공은 돌지 못했다.

단령경은 온 힘을 다해 목을 비틀었다.

우두둑, 목에서 뼈 뒤틀리는 소리가 났다. 아주 다소간 목이 자유로워지자 단령경은 묘월의 손을 물었다. 묘월의 손에서 피가 주룩 흘렀다.

묘월은 단령경을 내려다보며 입가에 미소를 지었다.

"추하군."

하지만 그때.

핑!

날카로운 파공음과 함께 전웅이 신음을 내뱉었다.

"으윽!"

검을 치켜든 전웅의 손등에 침이 꽂혀 있었다. 전웅은 손이 마비되어 검을 놓쳤다.

"나는……."

이제껏 들려오지 않았던 새로운 이의 목소리가 대문에서부터 들려왔다.

"나는 반성합니다."

무인들이 대문을 보며 소리쳤다.

"웬 놈이냐!"

진자강이 양손에서 침을 뿌렸다. 문간에 있던 정파 무인들이 침을 맞았다. 효과는 금세 나타났다.

"우아악!"

침을 맞은 무인들이 거품을 물고 쓰러졌다.

진자강은 자리에 섰다.

마당 가운데에 맞아서 쓰러져 있는 소소가 보였다. 소소가 진자강을 보곤 울먹이며 연신 고개를 가로저었다.

"아어어, 아으어어어."

진자강의 눈에 불길이 일었다.

소소가 자신을 정성껏 보살폈던 기억이 떠올랐다.

으드드득.

진자강은 이를 갈았다.

"나는 사람이기에, 사람이라서 당연히 지켜야 할 것이 있다는 것을 잊었음을 반성합니다."

진자강이 손에 침을 뽑아 들었다. 그러곤 서슴없이 걸어 들어왔다.

"무슨 개소리를……!"

무인들이 달려들었다.

진자강은 석림방과 암부에서 죽어 간 촌민들을 떠올렸다. 후에 자신 때문에 그랬다는 걸 알았으면서도 그들에 대한 연민과 복수는커녕 어쩔 수 없다는 듯 넘겨 버렸던 자신이 부끄러웠다.

"나는! 마땅히 분노해야 할 일에 분노하지 못했음을 반성합니다."

진자강이 침을 날렸다. 몇몇은 침을 맞아 주춤거렸고 몇몇은 달려와 칼을 내려쳤다. 진자강은 등 뒤에서 낫을 뽑아 양손에 각기 한 자루씩을 쥐었다.

투툭, 투두둑.

광혈천공을 일으키자 전신의 기혈에서 파열음이 울리며

급격하게 내공이 돌기 시작했다.

칭!

머리 위로 날아든 칼을 왼손의 낫으로 막은 후, 오른손 낫을 휘둘러 상대의 배를 찢었다. 곧바로 옆으로 몸을 회전하여 날아든 칼을 피하고, 회전하는 힘을 이용해서 낫을 휘둘렀다. 낫의 등으로 칼을 쳐서 튕겨 내고 반 바퀴를 더 돌아 반대쪽 낫으로 옆구리를 찍었다. 낫에 찍힌 옆구리가 그대로 찢겨 나갔다.

순식간에 두 명이 내장을 쏟으며 쓰러졌다. 침을 맞은 무인들도 연달아 고꾸라졌다.

정파 무인들이 주춤거렸다.

진자강이 잇새로 말을 내뱉었다.

"나는 복수에만 얽매여 불의를 보고도 지나치려 했던 것을 반성합니다."

진자강은 낫을 흔들어 날에 묻은 피를 날렸다. 잠깐 호흡을 가다듬고 다시 안으로 걸어 들어왔다.

"나는 강호의 협객이 아니기에 의로운 일을 행할 수 없다고 회피했던…… 나의 비겁함을 반성합니다."

전웅이 손목을 붙들고 인상을 쓰며 소리 질렀다.

"공격해라!"

진자강은 광혈천공의 내공을 발로 쏟아 내 도약했다. 앞을 막고 있던 무인이 창을 내질렀다. 진자강은 낫으로 창을 걸어 흘렸다. 낫에 걸린 창의 목이 뚝 잘렸다. 무인이 당황한 순간 그 무인의 정수리를 낫으로 찍었다.

푹!

낫이 휘어진 부분까지 깊숙하게 머리에 틀어박혀서 끝이 코를 뚫고 나왔다.

머리에 낫이 박힌 무인이 털썩 무릎을 꿇었다.

진자강이 낫을 뽑았다. 구멍에서 피와 뇌수가 솟구치더니 무인은 몸을 부들부들 떨다가 엎어져 죽었다.

이 끔찍한 광경에 정파 무인들은 몸이 오싹해졌다.

"자, 잔인한 사파 놈!"

진자강은 추사진을 떠올렸다. 추사진에게 정파는 정의롭냐면서 일장 연설을 했던 기억이 떠올랐다. 편복이 정사의 구분을 말했을 때 한 귀로 듣고 흘려 넘겼던 것도 떠올랐다.

진자강의 오른쪽 눈이 빨갛게 물들기 시작했다.

투둑.

안쪽에서 실핏줄이 터져 눈이 혈안이 되어 가고 있었다.

"나는…… 겪은 것도, 잘 아는 것도 아니면서 진지하지 못한 태도로 정의를 논하였던 것을 반성합니다."

으드드득.

진자강은 이를 갈면서 계속해서 앞으로 걸어왔다.

울고 있는 소소와 피를 토하는 편복이 보였다. 그들의 모습에서 공두 장씨와 아내, 그리고 랑랑이 떠올랐다. 장씨의 가족과 함께한 저녁 식사가 생각났고, 생사의 기로를 오가던 장씨와 제갈가에 얻어맞던 장씨의 아내, 그리고 랑랑의 모습이 생각났다.

"나는! 마땅히 내가 지켜야 할 사람들을 내버려 두었던 것에 반성합니다."

절룩, 절룩.

진자강이 절룩거리면서 다가오자 무인들이 주춤주춤 물러섰다.

진자강은 지독문을 탈출할 당시에 자신을 대신해 죽었던 약왕문의 사람들과 부문주인 용명을 떠올렸다.

오른쪽 혈안에서 피눈물이 흘렀다. 할 수 있는 데까지는 해 보지만 죽으면 어쩔 수 없다고 생각했던 자신이 너무나 배은망덕하게 느껴졌다.

"나는 은혜도 모르고 건방지게 굴었던 나를 반성합니다."

진자강은 묘월에게 당해 전신이 난자당한 단령경을 쳐다보았다. 단령경의 오른쪽 어깨는 횅하니 비어 있었고 잘린 어깨에서는 계속해서 피가 흐르고 있었다.

진자강은 몇 번이나 무공을 배울 수 있는 기회가 있었음을 자각했다. 그때 배웠다면 남가촌에서 백리권에게 당해 그런 꼴이 되지 않았을 테고, 여기까지 실려 올 일도 없었을 터였다. 그래서 지금처럼 소소나 편복에게 피해를 주지 않아도 되었을 것이다. 수많은 장원의 사람들이 죽어 가게 하지 않아도 되었을 것이다. 자신을 데려온 탓으로 단령경이 팔을 잃지 않아도 되었을 것이다.

"나는……."

진자강의 주먹이 떨렸다.

"옳고 그름을 구분하지 못하는 주제에 나 혼자만이 정파인이라는 자만심에 사로잡혀있었습니다. 그로 인해 나의 주위 사람들에게 고통을 주고 피해를 입혔습니다."

진자강이 눈에서 혈기(血氣)를 뿜어내며 점점 더 진한 살기를 뿌려 대었다.

"반성합니다."

진자강이 피가 나도록 입술을 씹었다.

"다시는 그런 멍청한 짓을 하지 않기 위해 반성합니다. 지금 현재가 내게 가장 소중한 순간임을 이제야 깨달았음에 반성합니다."

목과 턱에 퍼런 핏줄이 툭툭 불거지면서 실핏줄이 터지고 있었다. 고통이 극심하게 찾아왔다. 더불어 내공은 더욱 강렬하게 몸 안에 차올랐다.

그리고 그럴수록 진자강이 내뿜는 살기와 기세는 더욱 강렬해져서 사천 정파 무인들은 더더욱 위축되었다.

묘월은 입을 삐뚤게 일그러뜨리며 진자강을 바라보았다.

저 매끈한 얼굴의 청년의 내뿜는 기세가 상상 이상이었다. 아니, 기세가 아니라 정확히는 살기였다.

비정제된 살기.

명문 정파에서 어렸을 때부터 고도의 수련을 통해 학습시킨 정제된 살기가 아니라, 수많은 사람의 피를 손에 묻히며 일상화된 죽음 속에서 몸에 배어 버린 비정제된 살기.

그 지독하고 낯선 살기 때문에 혀끝이 아리기까지 했다.

자신이 이럴 정도일진대 다른 이들은 어떠하겠는가.

정파 무인들은 아까부터 뒤로 물러서고 있었다. 진자강이 다가서면 그들은 물러난다. 스스로 자각하지도 못하는 것처럼 보였다.

사천의 정파 무인들은 백주에 볼 수 있는 흔한 시정잡배가 아니다. 다른 지역보다 자존심이 강하고 배짱도 세다. 그럼에도 진자강의 막대한 살기에 눌려 버린 것이다.

전웅이 퍼뜩 생각난 듯 진자강의 걸음을 보고 눈을 크게 치켜떴다.

"독룡…… 독룡이다……."

독룡이라는 말이 주는 무게.

운남 독문을 멸망시키고 제갈가의 영봉과 백리가의 묵룡을 연달아 쓰러뜨린 사건은 강호인들을 경악시켰다.

얼마나 강한 무력을 가지고 있느냐, 얼마나 운이 좋았느냐를 굳이 따지지 않더라도 그간 죽인 사람의 숫자만으로도 독룡은 공포의 대상이 되기에 충분하였다.

사천 무인들은 마른침을 삼켰다. 독룡이란 말을 듣고 나서는 더더욱 망설임이 심해졌다.

진자강은 전웅에게 시선을 돌렸다.

"묻겠습니다."

전웅은 점점 시커메지는 손을 붙들고 땀을 뻘뻘 흘리다가 진자강의 혈안을 마주 보자 몸이 굳었다. 내공을 끌어 올려 겨우 속박을 벗어났지만 스멀거리며 두려움이 피어났다.

"뭘, 묻겠다는 거냐!"

진자강이 스산한 목소리로 물었다.

"당신들이 이곳을 공격하고 사람들을 죽인 이유는 뭡니까?"

"우리는…… 무림총연맹에서 임무를 받고 왔다."

이미 '우리'라는 말을 담은 데에서부터 전웅이 회피하려는 듯한 마음가짐을 갖고 있다는 게 드러났다. 전웅도 아차 싶었는지 말을 덧붙였다.

"사파를 척결하고 이 땅에 협의를 세우는 것이 우리 정파인들의 숙명이다!"

진자강이 냉소하며 말했다.

"그럼 죽어도 할 말은 없겠군요."

"뭐, 뭣?"

"남을 죽이고 세울 만큼의 기치라면 자신의 목숨을 거는 것이 당연하지 않겠습니까."

진자강이 낫을 들어 전웅의 손을 가리켰다.

"뜨겁지 않습니까?"

전웅은 화들짝 놀랐다. 아까부터 침을 맞은 손이 부풀어 오르면서 불타는 듯한 통증이 느껴지고 있었다.

"당신은 곧 온몸의 피가 끓어 죽을 겁니다. 남은 시간 동안 당신의 협의를 세울 기회를 드리겠습니다."

진자강이 낫으로 자신을 가리켰다.

"나를 죽이십시오."

"아니, 내가 왜……."

"나는 지금부터 이 자리에 있는 당신들 전부를 죽여 버릴 겁니다. 그러니까 그 전에 나를 죽여야 막을 수 있습니다."

전웅은 기가 질렸다. 곁눈질로 묘월을 쳐다보며 도움을 청했다.

그러나 묘월은 지켜만 보고 있었다.

묘월은 진자강이 풍기는 저 기묘한 분위기에 취할 것만 같았다. 그래서 아직까지는 나설 생각이 없었다. 전웅이 죽는대도 묘월에게는 큰 감흥이 없다. 솔직하게 말하자면 진자강을 좀 더 지켜보고 싶은 마음이 컸다.

단 몇 명을 죽인 것만으로 오십 명에 달하는 무인 전체를 압도한다는 게 가능한 일이었던가?

심지어 저 혼잣말을 하듯 중얼거리는 태도는 진자강이 내뿜는 살기를 한층 배가(倍加)시키고 있었다. 누구라도 두려움을 느낄 만했다.

'시살기(視殺氣)를 넘어서 관살기(觀殺氣)에 닿아 있는가?'

사르륵.

묘월의 팔에 살짝 돋는 소름이 그것을 증명하고 있었다.

전웅은 묘월이 전혀 나설 생각이 없어 보이자 어쩔 수 없이 나섰다.

"우리는 그저 시키는 대로 할…… 뿐이다. 무림총연맹이……."

"그 말을 들으니 더 마음이 편해지는군요. 어차피 해독약은 없습니다."

"뭐라고?"

진자강은 눈과 얼굴, 턱에서 실핏줄이 터져 피를 뚝뚝 떨구면서 길게 웃었다. 이제 전웅이 아니라 다른 사천 정파 무인들을 전부 돌아보곤 말했다.

"그러니까 원망은 내가 아니라 무림총연맹에 하면 되겠습니다."

진자강은 터질 것처럼 부푼 내공을 한꺼번에 폭발시켜 달렸다. 그의 기에 짓눌려 있던 무인들 몇이 움직이지도 못하고 진자강의 낫에 목이 찢겨 나갔다.

세 명이 목을 붙들고 비틀거리다 주저앉았다. 목이 반쯤 잘려 나가 덜렁거리며 엄청난 피를 뿜어냈다.

"헉! 헉!"

진자강은 일거에 내공을 쏟아 낸 후, 온몸이 바스러지는 고통을 느끼면서 무릎에 손을 얹고 숨을 몰아쉬었다.

뒤늦게 사천 무인들이 공포를 떨쳐 내고 진자강에게 달려들었다.

진자강은 두 번째로 광혈천공을 일으켰다. 연속적으로 사용한 탓에 전신 기혈이 파열하며 시야가 하얘질 정도로 고통이 찾아왔다. 진자강은 입술을 물어 고통에서 깨어났다.

몸을 낮춰서 달려온 무인의 발등을 낫으로 찍고, 옆으로 구르며 다른 무인의 발목을 낫으로 걸었다. 낫을 당기는 순간 발목과 뒤꿈치가 잘리며 홀렁 꺾였다.

"으아아악!"

비명을 지르며 넘어져 구르는 무인의 얼굴을 그대로 낫으로 찍어 버렸다. 무인은 눈을 감지도 못하고 부릅뜬 채 죽었다.

무인들이 놀라서 한발 물러나 칼을 내려치고 창으로 찔렀다.

진자강은 칼을 피한 후 칼날과 손잡이 사이에 끼우는 코등이에 낫을 걸어 당겼다. 무인이 엉겁결에 칼을 쥔 채 앞으로 딸려 왔다. 진자강은 무인의 코를 머리로 받고, 무인의 머리가 뒤로 젖혀지자 목을 그어 버렸다.

이어 바닥을 굴러 창을 피하면서 낫으로 발등을 찍고 발목을 걸어 잘랐다. 삽시간에 서너 명이 바닥을 굴렀다. 진자강은 바닥을 기어 다니면서 넘어진 무인들을 일일이 찍어 죽였다. 낫에 발라 두었던 독은 이미 다 닦여 나갔다.

낫의 특성상 공격을 하면 피가 심하게 튀었다. 진자강은 금세 피를 뒤집어썼다. 실핏줄이 터져 자신의 몸에서 흐르는 피보다 타인의 피가 더 튀어서 흠뻑 젖었다.

일반 무인들은 진자강의 움직임을 제대로 쫓지 못했다. 이전부터 고수들과 수없이 사생결단을 해 온 진자강이다. 지금은 광혈천공으로 인해 더욱 움직임이 빨라졌고 힘까지 강해졌다.

잠깐 사이에 벌써 열댓 명이 비명에 갔다.

"헉, 허억!"

진자강은 다시 숨을 몰아쉬었다.

그 틈에 공격하려고 무인들이 다가서자 진자강이 고개를 들어 노려보았다. 피를 뒤집어쓴 얼굴로 살기 어린 눈초리를 번뜩이자, 무인들은 순간 오금이 저려서 움직이지 못했다.

너무 심각할 정도로 기세에 제압당했다. 몸이 굳은 탓에 원래의 실력도 제대로 발휘할 수가 없었다.

第六章

마사불(摩娑佛)

"이야앗!"

전웅이 진자강의 살기를 겨우 떨쳐 내고 검광을 뿌리며 공격해 왔다. 진자강은 낫을 들어 서로 교차시켜 검을 막았다.

째앵!

내공이 제대로 실리지 못한 탓에 낫의 날이 뚝 부러졌다. 진자강은 부러진 낫의 끝을 전웅의 가슴에 박아 넣었다.

전웅은 그래도 한 문파의 수장이다. 보법을 밟으며 몸을 돌려서 피한 후, 진자강의 옆구리를 어깨와 등으로 들이받았다.

퍽.

두 번째의 광혈천공을 거의 소진한 진자강은 동작이 느려져 방비하지 못하고 중심을 잃었다.

전웅이 진자강의 다리를 걸면서 칼 손잡이의 아랫부분으로 진자강의 관자놀이를 내려쳤다. 진자강이 고개를 겨우 돌려 피해 냈지만 손잡이에 이마가 긁혀 찢어졌다.

피가 튀며 진자강의 시야를 가렸다. 전웅이 진자강의 턱을 무릎으로 걷어 올렸다.

진자강은 그 와중에도 눈을 감지 않고 고개를 기울였다. 턱이 아닌 광대뼈 부근에 무릎이 맞았다.

빠악!

머리가 돌아갔다. 진자강은 머리와 몸을 함께 돌리면서 바닥을 구르며 일어났다.

일어나며 휘청거리는 진자강을 향해 전웅이 칼을 찌르려 했다. 진자강은 부러진 낫을 내던지고 빈손의 손가락으로 전웅을 가리켰다.

전웅이 움찔하며 달려들기를 멈추었다. 진자강이 무슨 짓을 할지 몰라서다.

진자강은 아무것도 하지 않았다. 그럼에도 전웅은 바짝 긴장했다. 독룡이라는 별호가 붙기까지 진자강이 쌓아온 무수한 전적 때문이다.

하나 진자강은 전웅을 공격할 힘이 없었다. 광혈천공을 연속으로 사용한 탓에 몸에 무리가 왔기 때문이었다. 세 번째의 광혈천공을 사용하려면 진자강은 약간의 회복 시간이 필요했다.

그때.

『등려온환을 복용하거라.』

단령경의 전음이었다.

귀주 약문의 비전으로 만들어진 등려온환은 내공에 의한 부상에 효과가 있다. 아마 지금 진자강의 상태에도 도움이 될 것이다.

진자강은 등려온환 한 알을 입에 넣었다. 등려온환은 약간 끈적하게 녹는 듯하더니 순식간에 침과 섞여 목으로 넘어갔다.

진자강은 파열됐던 기혈에서 느껴지는 고통이 한결 줄어드는 걸 깨달았다. 통증 때문에 자꾸 멈칫거리게 되었던 것도 많이 사라져 갔다.

한편 진자강이 약을 복용하는 모습을 본 전웅의 눈이 뒤집혔다.

전웅은 온몸이 뜨거워지고 내장이 터질 것 같아서 참을 수가 없었다.

"내게도 해독약을 내놔!"

진자강은 아직 광혈천공을 끌어 올릴 수 없었지만 다행히도 그럴 필요가 없었다. 전웅은 이미 청철혈선사의 독에 중독되어 상태가 좋지 않았다.

진자강은 도망 다니며 시간을 끌었다. 진자강을 쫓아오던 전웅은 비틀거리는 횟수가 늘어났다. 온몸이 붉게 달아올랐고 눈은 점점 좌우로 벌어졌다. 특히나 미간의 정중앙엔 아예 새빨간 반점이 생겨서 상태가 심상치 않음을 보여주었다.

진자강은 달아나다 말고 거꾸로 몸을 돌려 전웅 쪽으로 뛰었다. 전웅은 빨리 반응하지 못했다. 진자강은 뒤늦게 전웅이 휘두르는 칼을 피해 아래로 구르며 배를 낫으로 그었다.

피와 내장이 죽 쏟아지지 않고 살가죽이 베이면서 내장이 부푼 채로 튀어나왔다. 주변으로 흐르는 피에서는 김이 피어올랐다.

"뜨, 뜨거워!"

전웅이 절규했다. 흔히 생피를 두고 더운 피라 부르는데 더운 정도가 아니라 피가 끓어 김이 날 정도니 얼마나 뜨거운 것인가!

"으으…… 으."

전웅은 두툼하게 부어오른 내장을 손으로 잡고 있다가 무슨 힘이 생겼는지 몸을 일으켰다. 그러곤 진자강이 아닌 소소에게로 뛰었다.

"으아아아! 주, 죽여 버린다!"

진자강도 전혀 예측하지 못했던 상황이었다.

진자강은 비수를 꺼내 들었다. 호흡을 가다듬을 겨를도 없이 바로 한 모금의 내공을 받아들여 다시 한번 광혈천공을 끌어 올렸다. 겨우 가라앉던 기혈이 다시 터지며 고통이 극렬해졌다.

"끅."

진자강의 입에서도 신음이 흘러나왔다. 내공은 폭주해서 돌고 있지만 손이 떨렸다. 아무리 등려온환의 힘을 빌려도 이렇게 연속적으로 광혈천공을 쓰는 것은 몸에 막대한 무리를 주는 것이었다.

하지만 진자강은 비수를 꽉 쥐고 던질 준비를 했다.

전웅이 소소에게 달려간다. 그런데 전웅의 비틀거리는 걸음이 오히려 목표를 방해했다. 제대로 조준할 수가 없다.

내공이 제어가 안 돼 사방팔방으로 뛰어놀았다. 내공이 불어날수록 몸의 떨림이 더 심해졌다.

"으윽……!"

덜덜덜덜.

손뿐 아니라 팔, 온몸이 다 흔들렸다. 수레바퀴의 축이 빠져서 덜렁거리며 흔들리는 것과 같았다.

하지만 맞춰야 한다. 한 번에 맞추지 못하면 소소가 죽는다.

진자강은 이를 악물고 비선십이지를 쓰려 했지만 한쪽 눈의 실핏줄이 심하게 터져서 시야마저도 붉게 가려졌다.

반대쪽 눈에 두려움으로 떠는 소소의 모습이 보였다. 전웅이 소소의 목을 우악스럽게 조르고 있었다. 소소의 얼굴색이 점점 하얘져 간다.

'안 돼!'

진자강은 단 한 번의 기회를 살리기 위해 최대한 노력했으나 잘되지 않았다. 실패할까 걱정되는 마음이 더욱 집중을 방해했다.

그때 다시 한번 단령경의 전음이 날아왔다.

『군선도전, 선절후월, 용기난로, 표오태공, 병집어옥범칠보층대(群仙導前, 先節後鉞, 龍旗鸞輅, 飄飆太空, 並集於玉梵七寶層臺).』

가뜩이나 복잡한 머리가 단령경의 전음으로 말미암아 더욱 혼란해졌다.

그러나 단령경이 괜한 소리로 진자강을 어지럽히려 할 리 없다. 단령경은 진자강이 광혈천공을 쓴다는 것까지 알고 있으니 반드시 이 말에 의미가 있을 것이다.

『무릇 한 무리의 선인들이 인도하고 도끼를 든 자들이 뒤를 따르며, 용의 깃발을 높은 하늘에 나부끼면서 천제천 군이 탄 수레들이 방울을 울리며 속속들이 천존께서 주최 하는 연회장소인 옥범칠보층대에 모였느니라.』

'선인이 인도하고 도끼가 뒤를 따른다!'

내공의 운용은 대체로 의념에 의해 이루어진다. 그러니 까 한 무리의 선인들이라는 것은 난잡함이 없는 통일된 생 각, 집중을 의미한다.

'뒤의 도끼는 파괴적인 내공을 의미하는 것인가?'

하나 그러면 의미가 맞지 않았다.

이것은 단순한 도끼를 의미하지 않는다. 부월(斧鉞)은 대 체로 높은 이의 행사에 쓰이는 나무 도구인 의장(儀仗)을 말한다.

또한 난(鸞)이라는 글자의 해석도 원래는 여러 가지였다. 난은 전설의 난새를 의미하거나 천제천군, 즉 천인(天人)의 수레와 천인이 이끄는 말의 고삐에 달린 방울을 의미했다.

하면 난로(鸞輅)라는 것은 천인이 탄 수레라는 뜻이다.

마지막의 옥범칠보층대라는 것은 옥으로 만든 귀한 자리.

천존(天尊)께서 천인들을 불러 모은 자리다.

그러니까 결국 수많은 화려한 행차들이 모여 천존이 계신 유일한 한자리에 모인다는 것이다.

단령경이 단순히 글자만 일러 주었다면 진자강은 이 같은 글자에 숨은 뜻을 전혀 이해하지 못하였을 것이다. 하지만 단령경은 앞서 글자에 대한 설명을 곁들임으로써 진자강의 이해를 도왔다.

'앞은 어수선하지만 결국 뒤따라오는 것이 진실된 귀함이며, 그 귀함들만이 옥범칠보층대에 오를 수 있다!'

진자강은 몸 안에서 돌고 있는 내공의 수레바퀴를 관조했다. 일견하기에 독기와 뒤섞인 야생마들이 마구 날뛰는 것처럼 보인다.

'그 뒤에 귀한 수레가 있다?'

진자강은 자신의 내공을 샅샅이 뒤졌다. 잘 보이지 않는다. 애초에 그렇게 훈련을 한 적이 없다. 쉽지 않은 일이었다.

진자강은 그래도 포기하지 않고 최고조로 정신을 집중했다. 고통이 극한에 이르렀을 때, 내공의 수레바퀴가 만들어 낸 회전이 최고도에 이르렀을 때 자신의 육체와 혼백이 분리되는 느낌이 들었던 때를 떠올렸다.

그때의 느낌까지 떠올리기 위해 내공을 자신의 몸이 버티기 어려운 정도까지 회전시켰다.

패애애앵!

몸 안의 수레바퀴가 점점 커져서 육체를 붕괴시킬 지경에까지 이르렀다.

퍼퍼퍽!

기혈이 버티지 못하고 곳곳에서 터져 나간다.

머릿속은 계속 폭죽이 터지듯 새하얘지고, 의식은 가물거린다.

'정신을 잃으면 안 돼!'

진자강은 충격으로 몸이 뒤흔들리는 걸 참으면서 끝까지 버텼다.

어느 순간, 그때처럼 몸의 감각이 붕 떠서 유리(遊離)되었다.

'아!'

진자강은 남의 몸을 보듯 재빨리 몸을 살폈다.

'보인다!'

자그마한 결정들이 몸의 세맥 곳곳에서 모습을 드러내는 게 보였다.

아주 아름답고 투명한 결정들이었다. 석영(石英)을 닮기도 했고 다듬지 않은 각진 옥의 모양을 닮기도 했다.

'이것은……'

이 결정은 숨겨져 있던 천인의 수레다.

무지막지한 내공의 회전력이 만들어 낸 흡입력에 의해서 세맥에 숨어 있던 순수한 내공들이 모습을 드러내는 것이었다.

오랜 기간 진자강의 세맥 곳곳에 박혀서 고착화되어 있던 순수한 내공의 결정들.

천인이라고 불릴 정도의 숨겨진 힘.

진자강이 내공의 결정을 자각하자, 내공의 결정들 역시 진자강을 의식했다. 아주 작고 반짝거리는 알갱이들이 수레바퀴의 흡입력에 의해 하나둘 떨어져 나오기 시작했다.

비록 크기는 작되 하나하나의 알갱이는 결코 작지 않은 힘을 지니고 있었다. 하나하나의 알갱이가 천제(天帝)요, 천군(天君)이다. 알갱이가 떨어져 나올 때마다 진자강은 회전하는 수레바퀴가 몸을 뒤흔드는 것보다 더 큰 격동을 느꼈다.

그것은 마치 뇌성벽력이 울리는 것과도 같았다.

우르르릉! 꽈르릉!

너무 오랜 시간 숨어 있었는지라 떨어져 나올 때의 충격이 굉장했다. 등려온환으로 인해 기혈이 보호되지 않았다면 필히 큰 내상을 입었을 게 분명했다.

뇌성벽력과 함께 수백, 수천의 알갱이들이 떨어져 나와 수레바퀴에 붙기 시작했다. 크기는 수레바퀴가 훨씬 컸지만 수레바퀴는 알갱이에게 순식간에 승복했다.

'난로…… 화려한 의장대의 뒤에 따라오고 있던 진실하고 고귀한 존재들의 수레!'

수레바퀴는 아까보다 더욱 거대한 힘을 품었는데, 오히려 놀랄 정도로 순식간에 고요해졌다.

속도는 더욱 빨라지고 품은 힘은 강대해졌지만 아까처럼 몸을 흔들지 않는다. 그저 고요히 돌 뿐이다. 진자강은 몸이 떨리지 않게 됐다.

사방에서 모여든 천제천군 내공의 결정들이 완벽히 수레바퀴를 장악했다.

하나 이다음이 문제였다.

난로를 끌어내는 데에는 성공하였으나 이를 옥범칠보층대까지 옮겨야 했다.

그곳이 어디인가?

사람의 단전은 세 군데가 있다. 사람이 우주와 통하는 곳은 백회혈이다. 그러나 옥범칠보층대는 천존이 연회를 주최하는 곳, 천존이 거하는 곳보다는 한 단계 낮은 자리다.

'중단전!'

심장의 어림.

심장만큼은 하단전과 달리 심하게 막혀 있지 않다.

진자강은 자연스레 가슴 안쪽의 심장으로 수레바퀴를 인도했다. 수레바퀴는 천자들을 호위하며 중단전으로 향했다.

중단전에 엄청난 힘이 깃들었다. 사지백해로 순식간에 힘을 퍼뜨릴 수 있었다. 꽉 막힌 기혈에도 어느 정도지만 힘이 가해졌다.

진자강은 비수를 쥔 오른손에 비선십이지의 운용법대로 반 모금의 내공을 보냈다.

사아악.

아주 상쾌하고 말끔한 기분이 들면서 비수에 청명한 빛이 어렸다. 맑은 도기가 뿜어져 나왔다.

진자강은 전혀 흔들리지 않는 동작으로 비수를 던졌다.

진자강의 손에서 떠난 비수가 허공을 유영하며 여섯 번의 호선을 그렸다.

공기의 흐름을 타고 흔들리며 날아간 비수는 아무런 거침이 없이 원하는 목표에까지 도달했다.

그리고 목표에 도달해 간단히 막을 뚫고 들어가는 것으로 자신의 할 일을 다했다.

비수는 진자강이 원한 곳에 정확히 멈춰 섰다.

바로 전웅의 머릿속이었다.

비수는 전웅의 머리를 뚫고 들어가 고스란히 전웅의 머릿속에 수납되었다. 손잡이 끄트머리조차도 밖으로 튀어나오지 않았다.

그것은 매우 눈 깜짝할 사이에 벌어진 일이었다.

소소의 목을 조르고 있던 전웅의 눈이 피로 물들었다. 목을 조르던 자세 그대로 눈과 코, 입에서 피가 뚝뚝 떨어지기 시작했다.

"어아어어어!"

소소가 전웅의 손을 뿌리치고 달아났다. 전웅은 그대로 엎어져 머리를 처박고 죽었다.

소소가 진자강에게 달려와 안겼다.

"아으아아……."

진자강의 소매를 잡은 손이 떨렸다.

"괜찮아. 괜찮을 거야. 걱정하지 마."

진자강이 소소를 안심시키는 순간, 소소가 진자강의 뒤를 보며 소리를 질렀다.

"으아!"

진자강은 비수를 뽑으며 팔을 뒤로 휘둘렀다.

칼과 비수가 교차하며 빗나갔다.

등 뒤에서 정파 무인이 휘두른 칼은 힘없이 진자강의 팔을 치고 튕겨졌다. 칼의 손잡이를 쥐고 지지했어야 할 무인의 손가락들이 잘려져 허공을 날고 있었다.

"아아악!"

무인이 손가락이 잘린 손을 붙들고 비명을 질렀다. 진자강은 비수를 내려찍어서 무인의 목에 박았다. 무인이 휘청거리다가 쓰러졌다.

진자강은 소소와 눈을 맞추며 다시 한번 괜찮다고 안심시키곤 정파 무인들을 돌아보았다. 정파 무인들이 긴장하며 칼을 꼬나 쥐었다.

"아까 내가 한 말을 못 들었나 봅니다."

진자강이 정파 무인들에게 말했다.

"이 자리에 있는 전부를 죽인다고 했습니다."

정파 무인들의 얼굴에 약간의 혼란이 떠올랐다. 달아나면 살려 주겠다는 건지, 아니면 다시 한번 살인 예고를 한것인지 헷갈렸다.

자신들의 수는 아직 서른이 넘는다. 한번 싸워 볼 만은하다.

물론 이긴다는 확신은 없었다.

전웅의 내장이 익어서 튀어나오는 걸 이미 본 후다. 진자강이 사용하는 독에 스치기만 해도 자신들 역시 그렇게 될터였다. 독수를 상대로 싸운다는 건 그만큼 까다로운 일이었다.

그래도 마사불이 도와주기만 한다면······.

하나 마사불, 묘월은 단령경에게만 관심을 두고 있었다.

묘월은 단령경을 쳐 내고 물린 손을 매만졌다.

단령경이 왜 자신의 손을 물었는지 뒤늦게 깨닫곤 화가

나 있었다. 진자강이 전웅을 공격하는 걸 눈치채지 못하게

하려고 손을 물어 주의를 끌었던 것이다.

"하찮은 수작을."

그런데 거기에 한 차례 더 단령경은 묘월을 기만했다. 바

닥에 주저앉아서 고개를 숙이고 진자강에게 전음을 보낸

게 바로 그것이었다.

묘월이 수상쩍은 느낌이 들어 단령경의 머리채를 잡아

고개를 젖혔을 땐, 이미 단령경의 입술이 달싹임을 마치는

중이었다.

진자강의 몸에서 우륵, 꽈륵— 하는 기묘한 소리가 나

고, 이어 비도술로 한 방에 전웅의 숨을 끊은 것이 바로 직

후다.

"대단한 배짱이군그래. 독룡을 도우면 빈니의 상대가 될

거라고 생각한 것이오? 둘이 합하면 빈니를 이길 수 있을

것 같았소?"

단령경이 입에서 피를 흘리며 웃었다.

"일 푼의 연민도 없이 승려 행세를 하는 살인귀가 본인의 마음을 어찌 알겠는가. 본인이 구하고자 한 것은 저 소녀다."

묘월의 표정이 굳었다.

"내게 저들의 자비를 구하는 것이오?"

"애초에 그대가 이 자리에 온 것은 참관이 목적이었다. 만일 이번 일에 끼어든 것이 나 때문이었다면, 그대는 이미 목적을 달성하였다. 그러니 나를 죽이고 더 이상 이 일에 개입하지 말라."

"흐음?"

묘월의 입꼬리가 비틀렸다.

단령경이 힘주어 소리쳤다.

"마사불! 마지막으로 그대에게 조언한다. 그대는 더 이상 괴물이 되지 말라! 그대는 사천 삼강의 일원으로서 자신이 한 말을 지키도록 하라! 그대는 참관인이지, 직접적인 당사자가 아니다!"

묘월의 비틀린 입이 더욱 비틀렸다.

"감히 빈니를 협박하는 것인가?"

"협박이 아니라 강호의 도의를 지키라 권하는 것이다!"

묘월은 입꼬리가 귀까지 찢어질 정도로 살기등등하게 웃었다.

"그것참 유감스러운 일이로군. 빈니는 조금 전 악의 씨앗들을 그냥 두고 보지 않기로 결정하였소이다. 더 이상 손에 자비를 두지 않겠다는 뜻이오."

단령경은 이를 갈았다. 아미파는 묘월의 성정을 알면서도 이 자리에 그녀를 보냈다. 그것 역시 아미파의 뜻이리라.

"사천 삼강의 도의가 땅에 떨어졌구나! 이제 그 누가 아미승(峨嵋僧)들을 강호의 의인이라 부를 수 있겠느냐!"

묘월의 눈이 살기로 번들거렸다.

"그 누구라는 게 대체 누구일까? 살아남는 자가 없게 된다면 아무도 오늘의 일을 거론하지 못하게 되는 것 아니겠소?"

묘월의 살기는 비단 단령경에게만 향해 있지 않았다.

정파 무인들이 움찔했다. 묘월의 말에 가시가 있었다.

그렇다고 직접 물어볼 수는 없었다. 이럴 수도 저럴 수도 없었다. 묘월의 심기를 함부로 건드릴 수도 없고 먼저 나서서 진자강과 싸우고 싶지도 않았다.

묘월의 시선이 천천히 옮겨져 소소를 향했다.

"그래…… 저것 탓이로군?"

묘월이 단령경을 내버려 두고 소소에게로 걸어가기 시작했다.

"도적질하지 말라. 현혹하지 말라. 개인의 감정으로 모함하지 말라. 도적의 여인을 중으로 만들지 말라. 악행을 따르거나 방조하지 말라. 함께 잘못하는 일이 있어도 서로 덮어 주라 하지 말라. 불편한 일을 마음에 품어 두지 말라."

묘월의 살기가 찌를 듯 강해졌다. 다시금 쥔 불살검의 핏빛이 진해지고 있었다. 뭇 무인들은 피부가 저릿해져 와서 팔뚝을 쓰다듬고 목덜미를 매만졌다.

"출가한 비구니가 지켜야 할 승가바시사법(僧伽婆尸沙法)의 계율은 이토록 복잡하느니……."

살귀처럼 이빨을 드러내며 소소에게 다가가는 묘월이다.

"가장 쉽게 계율을 지키는 방법은 애초에 복잡함의 근원을 없애 버리는 것이니라. 빈니의 마음에 번뇌가 생기는 것은, 바로 네년 때문이지. 그러니 네년은 극악(極惡)."

묘월의 불살검이 핏빛 검기를 뿜어냈다.

"악은 단두(斷頭)로 단죄한다."

진자강이 비수와 침을 뽑아 들고 소소의 앞을 막아섰다.

그때.

딸랑, 딸그락. 딸그락, 딸락.

묘한 종소리가 울리며 묘월이 잠시 흠칫했다.

운정이 장원의 문을 걸어 들어오며 구멍 난 제종을 흔들고 있었다.

"사미오계(沙彌五戒) 불살생(不殺生). 신도오계(信徒五戒) 불살생. 불살생은 승려가 지켜야 할 가장 큰 계율이 아닙니까. 승가바시사법을 읊으시면서 어찌 불살생의 계는 빼놓으셨습니까?"

"청성파의 어린 도사이신가?"

그러나 운정을 보고도 묘월의 살기는 줄어들지 않고 있었다.

운정이 묘월을 보고 종을 도포의 소매로 감싸며 포권했다.

"운정입니다. 묘월 스님을 처음 뵙습니다."

"인사는 집어치우시게. 어째서 빈니를 방해했지?"

"어린 후배지만 한 말씀 드리겠습니다. 지금 묘월 스님께서 하시는 일은 잘못되었습니다. 참관자의 도를 벗어난 행동을 하고 계십니다."

묘월은 운정에게도 살기를 품었다.

"악인들이 살생하는 것을 가만히 보고 있으란 말인가? 빈니가 물러난다면 도사는 뒷일을 감당할 수 있겠는가?"

운정이 살기 때문에 놀라서 반보를 물러났다가 말했다.

"독룡 도우는 저와 함께 가기로 하였습니다. 묘월 스님께서 사정을 보아주신다면 그는 더 이상 살생하지 않고 저를 따라나설 것입니다."

운정이 진자강을 쳐다보았다.

자기 말을 따라 달라고 눈빛으로 간절하게 말하고 있는 듯 보였다. 그래야 이 사태를 무마할 수 있다고 본 것이다.

하지만 진자강은 운정의 기대에 응하지 않았다.

"그런 약속은 한 적이 없습니다만."

"아앗! 그렇게 부정해 버리면 제가······!"

운정이 당황했다.

"나는 이 자리에서 지켜야 할 사람이 있습니다."

"아니, 그래도 좀 얘기를 맞춰 주셔야죠!"

묘월은 웃지도 않았다. 오히려 눈빛이 더 사나워졌다.

"도사는 빈니를 능멸하려는 것인가?"

"아니, 그게 아닙니다. 그게 아니라······ 저는 무의미한 살생을 막아 보려 한 것입니다."

누가 보면 묘월이 아니라 운정이 스님인 것처럼 보일 지경이었다.

"흥. 내 복천 도장의 이름을 보아 한 번은 봐주겠네. 하지만 한 번 더 끼어들면 가만히 두지 않을 테니 그런 줄 아시게."

묘월은 성큼 소소와 진자강을 향해 걸음을 내딛었다.

운정이 종을 흔들었다.

딸랑, 딸그락. 딸랑.

"멈추십시오!"

묘월이 인상을 쓰며 걸음을 멈추었다. 운정의 음공이 묘월에게 영향을 끼친 것이다.

기분이 불쾌해진 묘월이 운정을 향해 몸을 날렸다. 살기에 사로잡힌 묘월은 운정이 청성파의 문하라는 것도 안중에 없는 듯했다.

"감히 빈니의 경고를 무시하다니!"

"궤마기참 제종향령!"

운정이 급하게 종을 흔들었다.

딸랑, 딸각. 딸그락, 딸깍.

그러나 제종은 구겨지고 구멍이 난 탓에 내공이 제대로 실리지 않았다.

"으아앗! 이, 이거 독룡 시주 때문에!"

운정은 진자강을 원망했다. 묘월이 운정을 향해 일장을 내질렀다. 운정이 제종을 소매에 숨기고 양손으로 묘월의 장에 대항했다.

펑!

운정은 허우적거리면서 몇 걸음이나 뒤로 밀려났다.

"복천 도장이 제자는 제대로 거둔 모양이구나! 빈니의 일장을 막다니. 어디 계속 막아 보려무나!"

묘월이 재차 쇄도해 장을 뿌렸다.

펑! 퍼펑!

운정은 다급하게 소매를 휘두르고 마주 장력으로 대항했지만 묘월의 내공을 당해 낼 수가 없었다. 막기만 한 것뿐인데도 내장에 계속 충격이 쌓여 내상을 입었다.

울컥.

운정이 한 덩이 핏물을 내뿜었다. 안색이 파리해졌다.

"너, 너무 하십……."

묘월은 아무 말도 없이 다시 일장을 뻗었다. 쭉 편 손가락 끝을 오므리면서 응축된 힘을 일거에 쏟았다.

우웅!

소매가 크게 부풀었다가 줄어들었다. 장심에서 웅후한 바람이 쏘아져 나갔다. 아미파의 복호장(伏虎掌)이다. 팔로 막으면 팔이 으스러지고 몸에 맞으면 내장이 뭉개질 것이다.

하지만 그때 단령경이 묘월을 자극했다. 내공을 끌어모으며 묘월의 등 뒤에 선 것이다.

그것만으로도 묘월의 시선은 충분히 끌 수 있었다.

묘월은 몸을 띄워 돌리면서 복호장의 방향을 바꿨다. 복호장이 단령경의 옆구리로 휘어들며 후려치듯 날아들었다. 단령경은 복호장을 왼손으로 받아 내면서 몸을 틀었다.

크게 어깨를 돌리고 팔꿈치로 중간 원을 그리며 손목으로는 작은 원을 그렸다. 허리는 유연하게 반대쪽으로 원을 그렸다.

복호장은 단령경이 그린 원을 따라 맴돌다가 빗나갔다. 그 짧은 순간에 유(柔), 흡(吸), 추(推), 투(透) 등의 기를 다루는 여러 수법이 동시에 사용되었다.

펄럭, 펄럭!

단령경이 오른팔의 빈 소매를 부대끼며 손끝을 모아 앞으로 내밀고 기수식의 자세를 취했다. 그러곤 손가락 끝을 까딱거렸다.

묘월은 눈을 치켜떴다.

끼이이익!

불살검의 시꺼먼 피딱지가 열리면서 핏빛을 머금은 검기가 일 척이나 뻗어 나왔다.

난풍파검!

아까보다 훨씬 더 정교하고 악랄한 바람이 불어닥쳤다. 단령경은 얼마 남지 않은 피견을 끌어모아 난풍파검에 대항했다. 난풍파검의 검기가 피견을 삽시간에 수십 조각으로 갈라냈다.

"핫핫하! 아하하하!"

묘월이 미친 듯이 웃으면서 불살검을 휘둘렀다. 단령경이 계속해서 밀리며 뒤로 물러났다.

단령경을 뒤쫓는 묘월의 동공은 어느새 점처럼 줄어들어 있었다. 묘월 정도 되는 일류 고수가 극대로 내공을 끌어올리면 의도하지 않아도 저절로 안법을 일으키게 된다.

이것은 묘월이 익힌 특유의 안법이 일으키는 축동(縮瞳) 현상이었다.

갑자기 크게 뜬 눈 안에서 점처럼 작아진 동공이 바쁘게 상하좌우로 움직였다.

허공에서 자신을 향해 날아오는 암기를 포착했다. 진자강이 비선십이지로 던져 낸 독침이 크고 작은 포물선을 그리며 묘월에게 쏘아져 오고 있었다.

묘월의 동공은 넷이나 되는 암기들이 그리는 각각의 궤도를 전부 따라잡았다. 동공이 바삐 움직이는 소리가 들리는 듯한 착각이 생길 정도였다.

묘월이 난풍파검을 더 크게 일으키며 전방에 검기의 그물을 만들어 냈다.

단령경이 그 틈에 혀를 깨물어 피를 냈다. 그러곤 숨을 크게 들이마셨다가 내뱉었다. 혀에서 철철 넘치도록 흘러나오는 핏물에 내공을 담았다. 핏물이 창처럼 줄기가 되어 날아갔다.

묘월이 만들고 있던 검기의 그물에 피의 줄기가 틀어박혔다.

콰직!

완성되기 직전의 그물에 구멍이 났다. 진자강의 독침이 성긴 그물의 사이를 뚫고 묘월의 몸으로 날아들었다. 묘월은 한 다리를 들고 허공으로 뛰어올라서 허리를 뒤로 젖혔다. 춤을 추듯 한 손은 머리 위로, 불살검을 든 다른 손은 하늘을 향하게 했다.

핑그르르!

묘월이 그 자세로 몸을 회전시켰다. 네 자루의 침은 묘월의 귓바퀴 아래와 코 옆, 우측 겨드랑이의 사이, 들어 올려서 접은 좌측 무릎과 종아리의 사이를 아슬아슬하게 지나갔다.

묘월의 신법은 그야말로 신기에 가까웠다.

묘월의 입가에 웃음이 진해졌다.

"하하하!"

묘월은 진자강이 던진 침을 모두 피하고 바닥에 착지했다.

그 순간 따악! 하고 귀를 찌르는 소리가 묘월의 골을 뒤흔들었다.

묘월이 움찔했다. 순간적으로 내공이 흐트러져서 하마터면 착지하다가 발목이 겹질릴 뻔했다.

묘월은 몸을 꼿꼿이 세워서 틀며 반 바퀴를 돌아 낭패를 모면했다. 창피로 인해 얼굴이 붉어졌다. 반쯤 일그러진 얼굴로 살기등등하게 웃으면서 묘월이 뒤를 돌아보았다.

"이 때려죽일 놈의 어린 도사가?"

운정이 나무로 만든 한 짝의 홀(笏)을 들고 묘월을 쳐다보았다. 홀은 두 뼘 정도 길이의 길쭉한 목판으로 제를 지내거나 황제를 알현할 때에 손에 드는 의전 도구다.

운정이 두 홀을 다시 한번 마주쳤다.

따악!

"궤마기참 쌍홀박수(雙笏拍手)."

홀이 부딪치는 소리가 날카롭게 묘월의 귀를 파고들었다.

귀를 막아도 소용없다. 절묘하게 내공이 귀를 통해 뇌까지 흘러들어 머리를 뒤흔들고 반대쪽으로 빠져나간다. 그때에 아주 잠깐 동안 머리가 백지장처럼 멍해지면서 자꾸 멈칫거리게 되었다.

따악, 딱.

운정이 홀을 마주칠 때마다 묘월의 눈이 경련하듯 일그러졌다.

"이건…… 아무리 생각해도 옳지 않은 일입니다. 여기서 그만두고 물러나시는 게 좋겠습니다."

묘월이 이를 뿌득뿌득 갈았다.

"사파의 악한 종자들을 감싸고 도는 걸 보니 도사 역시 마구니에 씌고 만 것이로구나! 아미타불, 청성산에서 마구니의 씨앗이 자라고 있었어."

운정이 화를 냈다.

"제 행동과 본 청성과는 아무 관계도 없는 일입니다! 그리고 제가 마구니라니요!"

"도사는 복천 도장의 명을 받고 온 게 아니던가?"

"맞습니다. 스승님의 명을 받고 왔습니다."

"그런데 어째서 그들을 돕고 있는 것이지? 설마하니 복천 도장이 사파의 악인들을 도우라고 명하였는가?"

"그런 건 아니지만……!"

"하면 사문의 명을 거역하고 제멋대로 행동하는 것이렷다? 내 복천 도장에게 그리 일러도 되는 것이겠지?"

"으엑! 너무합니다. 그런 게 어딨습니까! 사부님이 아시면……."

운정은 아직 어리고 순박해서 말로는 묘월을 이길 수 없었다.

눈치를 보던 편복이 끼어들었다.

"그러면 스님은 왜 사람을 마구잡이로 다 죽이려고 하는 것이오? 아미파에서 참관인으로 가라 했는데 제 맘대로 개입하고 있으니 그것이야말로 기사멸조(欺師滅祖)의 대죄가 아니겠소이까? 따지려면 아미파부터 가서 따지는 게 사리에 옳은 일일 것이오!"

묘월이 눈을 부릅뜨고 편복을 노려보았다. 편복이 식겁해서 몸을 뒤로 피했다.

운정도 편복의 말에 깨달았다.

"맞네요! 그러는 묘월 스님께서도 아미파에서 사파의 악인들을 처단하라는 명을 받고 오신 게 아니었죠. 그러니까 지금 이러시는 게 옳지 않죠!"

묘월은 갑자기 양팔을 늘어뜨리고 하늘을 쳐다보았다.

"후……."

마치 자신의 잘못을 인정하고 포기한 듯한 모습이었다.

그러나 묘월은 다시 고개를 내리며 중얼거렸다.

"짜증 나……."

"……네?"

묘월이 순간적으로 엄청난 내공을 끌어 올렸다.

콰앙!

묘월의 몸에서 폭발이 일어나 공기가 파도처럼 사방을 휩쓸고 지나갔다.

"으아아!"

근처에 있던 이들이 얼굴을 가리며 물러났다. 오싹오싹한 살기가 아까보다 진해져서 장원을 뒤덮었다.

묘월이 조그맣게 중얼거렸다.

"짜증 난다고."

이글이글…….

묘월의 옷깃이며 머리카락, 바닥의 흙먼지들이 아지랑이처럼 피어오르기 시작했다. 극대로 끌어 올린 내공을 임독맥에서 엄청난 속도로 돌리고 있었다.

기의 수레바퀴가 돌아가며 넘쳐난 힘이 끊임없이 주변에 퍼져 주위의 것들을 위로 끌어 올렸다.

천하의 아미파에서 다섯 손가락 안에 드는 고수다웠다.

"그냥 이 벌레 같은 것들을 다 죽여 버려야겠어. 그리하면 번뇌 또한 사라지게 되지 않겠는가."

묘월이 중얼거리면서 오른발을 들었다. 바닥을 차면 어디로 튀어 나갈지 모른다.

묘월이 누구를 첫 목표로 삼을지 알 수 없지만, 결코 첫일격을 피할 수 없을 것이다!

묘월이 막 바닥을 치고 달려 나가려는 순간.

진자강은 묘월이 피워 낸 기의 장막을 뚫고 뛰어들었다. 누구도 예측하지 못한 순간이었다.

진자강은 비수를 앞으로 찔렀다.

푸드드드득!

묘월이 뿜어낸 기의 장막이 더 거세졌다. 진자강의 옷과 머리칼이 온통 흩날리며 뒤로 밀려났다.

눈치 빠른 단령경이 함께 움직였다. 독의 발발이 심해지고 있었으나 이런 좋은 기회를 놓칠 단령경이 아니었다.

단령경은 내공을 모아 일장을 퍼부었다.

퍼펑!

기의 장막이 흔들렸다. 묘월이 단령경을 노려보았다.

단령경이 운정에게 눈치를 주었다. 운정은 갈팡질팡하다가 홀을 들었다.

"에이, 나도 모르겠다. 스승님, 죄송합니다! 궤마기참 쌍홀박수!"

딱!

음공이 묘월의 평정을 뒤흔드는 데에는 훨씬 더 효과가 있었다. 묘월이 흠칫거릴 때마다 장막이 옅어졌다.

단령경이 거푸 장력을 날렸다. 옅어진 장막이 부서졌다. 묘월은 제자리에서 뛰어 재차 날아오는 장력을 피했다.

따악!

운정이 쌍홀박수로 방해하려 했지만 조금 늦는 바람에 묘월은 이미 피한 뒤였다.

단령경이 계속해서 장력을 날렸다.

운정은 때를 맞춰 쌍홀박수를 치려 했지만 쉬운 일이 아니었다.

애초에 음공으로 협동 공격을 해 본 적도 없거니와, 사파의 이들과 함께 아미파의 선배를 공격하는 것이 마음에 걸려 자꾸만 조금씩 늦고 있는 것이다.

운 좋게 한 번은 때가 맞았다. 묘월이 단령경의 장력을 피하려 뛰다 말고 주춤했다. 머리가 지끈거리는지 오만상을 다 쓰며 얼굴을 찌푸렸다.

퍽!

단령경의 장풍이 묘월의 어깨를 쳤다. 묘월의 몸에 일어난 반탄력 때문에 때린 단령경이 휘청거렸다. 그러나 묘월역시 어깨가 뒤로 밀리며 사소한 내상을 입었다.

"귀찮은 것들……!"

묘월의 눈이 뒤집혔다.

그 틈에 진자강이 열 걸음 정도의 거리를 두고 물러나 네번째의 광혈천공을 사용했다. 등려온환의 덕으로 기혈이 상당히 보호된 상태였다.

그러나 그것도 이번이 한계였다. 더 이상의 광혈천공은 어렵다.

투툭, 투두둑.

오른쪽 눈에 실핏줄이 터져 아까보다도 훨씬 더 혈안이 짙어졌다. 우반신의 기혈이 터지면서 피가 계속해서 샜다.

진자강은 거기에 단령경이 전한 방법으로 세맥에 잠든 내공을 끌어냈다. 아까보다 불안정한 상태에서 내공의 위력이 한층 올라갔다.

진자강은 비수를 입에 물고 양손에 침을 뽑아 들었다. 각각의 침에는 여로와 청철혈선사의 독이 묻어 있다. 왼손을 앞으로, 오른손을 뒤로 당기고 묘월을 겨누었다.

지금이 아니면 묘월을 막을 수 없다. 단령경이 최선을 다하고 있지만 계속 얼굴색이 어두워지고 있고, 운정 역시 홀을 칠 때마다 조금씩 입가에서 피를 흘린다.

기회는 단 한 번뿐.

진자강은 신중하게 양손에 내공을 집중시켰다.

피잉! 피이잉!

중단전에서부터 뿜어지는 내공은 그 어느 때보다도 활력이 넘친다. 그러나 그것을 지탱하는 진자강의 기혈은 사상누각(沙上樓閣)과도 같아서 금세 무너지려고 한다.

하지만 진자강은 최대한 때를 기다렸다.

내공이 폭증하며 비선십이로 최대 여섯 번의 호선을 그릴 수 있었다. 그러나 이번엔 최대 여덟 번 이상의 호선을 그려야 한다.

진자강은 길고 느릿하게 호흡을 들이쉬고 내쉬며 웅크린 맹수처럼 한순간만을 노리고 있었다.

묘월이 운정을 향해 불살검을 뻗었다.

운정이 기겁하며 홀을 쳐 댔다.

딱! 따악!

묘월이 다가가다가 멈칫하고 다시 멈칫거렸다. 머리가 울리고 깨질 듯이 아파 왔다.

하나 운정이라고 내공이 샘솟는 게 아니었다. 홀을 치면서 내공이 점점 소모되고 있었다. 그때마다 조금씩 음공의 힘이 약해졌다.

묘월이 불살검의 검기를 휘둘러 댔다.

운정은 점점 급해져서 보법을 밟으며 묘월을 피해 다녔다.

그 때문에 음공의 정묘함은 더 떨어졌다. 묘월의 몸놀림이 살아나기 시작했고, 운정의 몸에는 핏자국이 늘어 갔다.

"아앗! 악!"

아직 어린 운정은 자신의 몸에 상처가 날 때마다 고통과 두려움으로 몸이 굳었다.

단령경이 때때로 장력을 날려서 묘월을 방해하지 않았다면 벌써 목이 달아나고도 남았을 터였다.

그때에 마침내 진자강이 양손을 거푸 휘둘러 침을 던졌다.

쉬익!

독침들이 유려한 호선을 그리면서 묘월에게 날아갔다. 묘월은 몸을 돌려 등 뒤에서 날아오는 침을 불살검의 검기로 잘라 버렸다. 침이 뚝뚝 잘려 나갔다.

"쌍홀박수!"

운정이 급히 호흡을 추스르고 홀을 쳤으나 이미 묘월이 침을 다 잘라서 날려 버린 후였다.

그러나 묘월이 늦은 쌍홀박수에 멈칫했을 때 진자강이 달려오면서 입에 문 비수를 뽑아 묘월의 목을 찍었다. 묘월의 작아진 눈동자가 비수의 궤적을 따라 스르륵 움직였다.

진자강은 보삼문의 도법을 이용해 강렬하게 후려치듯이 팔을 휘둘렀다.

부우웅!

묘월이 칼로 막더라도 힘으로 밀어붙여서 목을 관통시키려는 듯했다.

그러나 묘월은 겨우 손가락 두 개를 뻗어서 진자강의 비수를 막아 냈다. 진자강의 비수는 묘월의 중지와 검지 사이에 끼어서 멈춰 버렸다.

딱!

뒤늦게 운정이 홀을 쳤다.

하지만 그사이에 진자강의 비수는 묘월의 손가락 사이에서 부러진 뒤였다. 묘월의 입가에 가소롭다는 미소가 머금어졌다.

운정은 여전히 경험이 없는 애송이일 뿐이다.

묘월의 미소를 본 운정은 당황했다. 자신이 잘못하고 있다는 걸 깨달았다.

만약 지금 쌍홀박수를 제대로 쳤다면 묘월은 정확하게 진자강의 비수를 잡지 못했을 것이고, 그랬다면 잘려 나간 건 묘월의 손가락이었을 터였다.

그러나 진자강은 비수에 모든 것을 걸고 있진 않았다. 묘월이 당연히 비수를 막아 낼 거라는 걸 짐작하고 있었던 듯, 운정이 때맞춰 쌍홀박수를 쳐 내지 못할 거라는 걸 예상하였던 듯 비수가 잡히자마자 일이곡의 금나수법인 포룡박으로 전환했다.

비수를 놓고 바로 묘월의 손목을 잡아챘다. 묘월은 비수를 손가락으로 잡아 부러뜨리자마자 손바닥으로 진자강의 손목을 쳐 올렸다. 진자강의 손등에 자신의 손등을 붙여서 빙글 돌리자 오히려 진자강의 손목이 역으로 잡혔다.

진자강은 반대쪽 손의 손가락을 갈고리처럼 구부려서 묘월의 가슴을 찌었다.

묘월의 얼굴이 붉어졌다. 아무리 나이가 많아도 비구니
였다.

묘월이 대노하여 진자강의 손목을 잡은 채 진자강의 복
부를 발끝으로 찍어 찼다. 진자강은 내장이 울리는 통증 때
문에 허리가 절로 굽혀졌다.

운정은 이제 거의 울 것 같은 얼굴이 되어 홀을 쳤다. 이
번에도 진자강의 행동을 예측하지 못하고 홀을 치는 것이
너무 늦었다.

따악!

그러나 묘월이 진자강의 복부를 찬 후에 멈칫했을 때, 배
를 잡고 웅크린 진자강의 등을 불살검으로 찍어 버리려고
했을 때.

묘월의 작은 눈동자에 갑자기 눈앞까지 날아온 침이 보
였다.

정확히 말하자면 그건 진자강의 뒤에서 날아오고 있던
침이었다. 진자강의 몸에 가려져 보이지 않다가 진자강의
허리가 굽혀진 순간 보이게 된 것이다.

그것은 진자강이 심혈을 기울여 던진 단 한 자루의 침이
었다. 앞선 침과 달리 무려 열 번의 커다란 호선을 그려 다
른 침들보다 훨씬 느리게 날아왔던 것이다.

하지만 침을 보았으면서도 묘월은 피하지 못했다. 운정

의 음공에 방해를 받아 멈칫한 탓이다.

푸욱.

크게 뜨고 있던 묘월의 왼쪽 눈, 점처럼 작아져 있던 동공에 침이 들어와 박혔다.

"어?"

눈을 뜬 채로 정확히 동공에 침이 박히자 묘월이 충격으로 진자강을 놓고 비틀거리며 물러섰다.

곧 눈동자가 흐물거렸다. 실핏줄이 돋아나며 터지면서 눈이 시뻘게졌다. 청철혈선사의 독이 눈 안에서 끓기 시작해 눈이 녹아내리기 시작했다.

"으, 으아아악!"

묘월이 비명을 질렀다.

단령경이 온 힘을 다해 묘월의 등을 장으로 때렸다.

퍽!

일장이 제대로 적중됐다. 묘월의 코와 입에서 피가 왕창 뿜어졌다. 그러나 내공의 반탄력에 단령경의 손목도 함께 부러졌다.

운정이 울상을 지으면서 몸을 날려 묘월의 옆구리를 걷어찼다. 갈빗대가 부러지는 소리가 나며 묘월의 몸이 옆으로 기울었다. 운정도 튕겨 나갔다.

묘월은 피를 뿜으며 포효했다.

"으아아아아!"

묘월은 왼쪽 눈이 있던 구멍에서 피를 줄줄 흘리며 세 사람을 쳐다보았다.

"감히…… 감히! 모두 죽여 주마!"

〈다음 권에 계속〉

정령왕

엘퀴네스

개정판

이환 판타지 장편소설

『숲의 종족 클로네』, 『은빛마계왕』의 작가,
이환 대표작 『정령왕 엘퀴네스』 완전 개정판!

어설픈 정령왕의 좌충우돌 모험기를 다시 만난다!

컬러 일러스트 · 네 칸 만화 · 캐릭터 프로필 & QnA
매권 미공개 외전 수록!

dream
books
드림북스

무적군주 로이스

ORIGINAL FANTASY STORY & ADVENTURE

오렌 판타지 장편소설

만인의 작가 오렌이 선보이는
또 하나의 매력적인 환상의 세계!

'한계를 깨뜨리고 진정한 운명을 개척해?
미스토스의 계약을 하라고? 이게 다 무슨 소리야?'

아무것도 모른 채 마화(魔花) 루비아나의 손에 키워진
로이스에게 미스토스 군주라는 운명이 주어졌다.

**무한의 세계에서 펼쳐지는
절대 무적의 군주 성장기가 시작된다!**

dream
books
드림북스

『제왕록』, 『무림에 가다』 시리즈의 작가 박정수
그가 거침없는 현대 판타지로 돌아왔다!

『신화의 전장』

주먹을 믿지 마라.
우리가 살아가는 이 땅에 인간을 벗어난 자들이 존재한다.

dream
books
드림북스

『죽지 않는 무림지존』『천지를 먹다』『마검왕』
베스트셀러 작가 나민채의 신작!

[시간 역행을 하시겠습니까?]
[모든 능력이 리셋 됩니다.]
[날짜를 선택 하여 주십시오.]

"1985년 2월 28일. 내가 태어났던 날로."

전생자

DREAMBOOKS